御伽草紙

太宰治

御伽草紙

御伽，是「御伽話」，大人說給小孩聽的故事。
草紙，或稱「草子」，是屬於較通俗、娛樂性的書物。
御伽草紙即故事書之意。

楔子

「啊，響了！」

父親說著，放下筆站了起來。雖然警報還沒響起，但一聽到高射砲的聲音，父親便趕緊起身幫五歲的女兒戴上防空頭巾，抓起這本書帶著女兒走進防空洞。母親已經背著兩歲的兒子蹲在防空洞的深處。

「好像打得很近呢。」

「嗯。不過，這個防空洞還真是又擠又破爛。」

「是嗎，」父親似乎有些不滿，「這樣才好啊，太深的話會有被活埋的危險。」

「但還是大一點比較好吧。」

「這麼說也沒錯，但現在土都被凍得很硬，很難再挖了。之後有空再……」

父親含糊應付過去，讓母親閉上嘴，專心地聽著廣播播放的空襲情報。

母親的牢騷告一段落，這次換五歲的女兒吵著要出防空洞。此時能安撫孩子的唯一方法，就是繪本了。〈桃太郎〉、〈喀嗤喀嗤山〉、〈舌切雀〉、〈肉瘤公公〉、〈浦島太郎〉，父親開始讀起這些故事給孩子聽。

這位父親雖然衣著寒酸，容貌愚鈍，但並不是一位平凡的人。他是個擁有神奇力量，能夠創作故事的人。

很久　很久以前

他用獨特的聲音緩慢地讀著繪本，此時此刻，他心中也自然而然醞釀起另一個截然不同的故事。

肉瘤公公

很久　很久以前
有一個　右頰上長著令人討厭的
肉瘤的　老爺爺

這個老爺爺，住在四國的阿波、劍山的山麓。其實這並未依據什麼典故，只是我個人這麼認為而已。〈肉瘤公公〉的故事，最早應該是從《宇治拾遺物語》中發現的，但在這個防空洞之中，要考據原典是不可能的。不只是這個〈肉瘤公公〉的故事，接下來打算說的〈浦島太郎〉也是，首先，這個故事在《日本書紀》中即有詳細記載，《萬葉集》裡也有詠歎浦島的長歌，此外像是《丹後風土記》及《本朝神仙傳》中也都有記載。一直到近期，在鷗外[①]的戲曲中也有，逍遙[②]也將這個故事作成舞曲，總之，從能樂、歌舞伎，到藝妓的手舞等等，〈浦島太郎〉都出現過非常多次。我有個怪癖，只要是讀過的書就會馬上送人或賣掉，所以一直都沒什麼藏書。這種時候，我只能憑藉模糊的記憶，努力在腦中翻找從前讀過的書，但就現在的情況，真是一件難事。此刻我人在防空洞中，而膝上只放著一冊繪本，我只好放棄考證物語，僅靠自己憑空想像來組織條理，

搞不好會想出什麼生動有趣的故事也不一定。如此這般牽強地自問自答著，這位身為父親的奇妙人物開始說了：

很久 很久以前

在防空洞中一隅讀著繪本的同時，他的心中已將這繪本裡的故事刻劃成完全

---

① 森鷗外，明治三十五年（西元一九〇二年）年以本名森林太郎出版《玉匣両浦島》。

② 坪內逍遙，明治三十七年（西元一九〇四年）著有樂劇《新曲浦島》。

不同的面貌。

這個老爺爺是個非常喜歡喝酒的人。喝酒這件事，在這個家裡一向都是孤獨的。是因為孤獨才喝酒，還是因為家人討厭他喝酒而逐漸感到孤獨的呢？這恐怕就像是想要探究拍手的時候，不知是右手先響還是左手先響一樣，只是鑽牛角尖，徒費工夫而已。總之，這個老爺爺在家的時候，總是一副不太自在的表情。雖然如此，但老爺爺的家庭並不是個不和樂的家庭。老婆婆仍然健在，已經快七十歲了，但腰桿還是很直，眼睛也還十分明亮。聽說以前是個大美人，年輕的時候就沉默寡言，總是認真地忙著家事。

「啊，已經春天了，櫻花都開了呢。」老爺爺正這麼說。「這樣啊。」老婆婆一臉不感興趣的樣子答了話，「請你借過一下，我要開始打掃這裡了。」

老爺爺的臉又沉了下來。

老爺爺有一個兒子，已經快要四十歲了，是個世間少有的人，品行方正，不喝酒、不抽煙，不笑也不生氣，也從不感到喜悅，只是默默地務農，附近的鄰人都相當敬畏他，「阿波聖人」的名聲不脛而走，他不娶妻也不剃鬚，讓人懷疑他幾乎與木石無異。不得不承認，老爺爺的家確實是滿令人稱羨的美滿家庭。

但是，老爺爺總是不太高興。他迴避著家人們，也變得越來越想喝酒，但在家喝酒時，總是無法放鬆心情。雖然老婆婆和阿波聖人每次看到老爺爺喝酒，並不會特別責罵他，只是在一旁安靜地吃著晚飯。

「這時節啊，怎麼說呢，」老爺爺有點醉了，想找個人講話，就說了一些不著邊際的事，「春天終於來了呢，燕子也飛來了。」

說這種事還不如不要說。

老婆婆和兒子仍舊沒有說話。

「春宵一刻，值千金啊。」然後又繼續說了一些不必要的話。

「我吃飽了，請慢用。」阿波聖人吃完飯，恭敬地向桌上的菜餚行了一禮，便站起身來。

「那麼，我也差不多該開始吃飯了。」老爺爺一臉哀傷，將杯口朝下放在桌上。

只要在家裡喝酒，基本上都是這樣的狀況。

有一天　大清早　是個好天氣

往山上　出發了　出發砍柴去

老爺爺最大的樂趣，就是在腰間掛上一個葫蘆，趁晴朗的日子上劍山去撿柴。撿了一段時間，有些疲累的時候，便在岩上盤坐，刻意地假咳了一聲之後，說：「風景真是美啊！」一邊說著，一邊緩緩拿起腰間的葫蘆喝起酒來。只有這個時刻，老爺爺才是發自內心的快樂，在家裡喝酒時總是得在意別人的視線。唯一不變的，就是右邊臉頰的大瘤。這顆瘤是大約二十年前，老爺爺過五十大壽那年的秋天長出來的，先是右頰怪異地發熱發癢，然後漸漸腫脹起來，老爺爺撫摸著它，最後變成了一顆大瘤，老爺爺苦笑著說：「這個啊，可是我的愛孫呢。」

兒子阿波聖人一臉認真，煞風景地回答道：「從臉頰生出孩子這種事是絕對不可能的。」

老婆婆也是：「應該不會危及性命吧？」只是不帶微笑地說了這一句。

雖然有安慰之意，但除此之外，就再也沒有關心過這顆瘤了。反觀附近的鄰居們，總是對老爺爺說這顆瘤是怎麼長出來的啊、痛不痛啊、哎呀很麻煩吧等等慰問的話語。老爺爺笑的時候，這顆瘤就隨著笑聲振動，雖然偶爾會感到困擾，但除此之外，老爺爺的確已經把這顆瘤當做可愛的親生孫子，作為慰藉孤獨的唯一對象。早上起床洗臉時，老爺爺會特別謹慎地用清水仔細清洗它。或是像今天，一個人在山上愉快地喝著酒時，這顆瘤就成了老爺爺不可或缺的說話對象。老爺爺在岩石上盤腿而坐，一邊喝著葫蘆裡的酒，一邊摸著臉頰上的瘤說：「什麼嘛，沒什麼好可怕的，不要客氣。人就是應該要喝醉。就像認真，也是有程度之分的。我完全比不上阿波聖人，甘拜下風，他真是偉大。」老爺爺對右頰的瘤說著某某人的壞話時，又高聲地「咳、咳！」假咳了一次。

突然之間　烏雲密布
風兒　呼咻咻地吹
雨兒　嘩啦啦地下

春天的午後雷陣雨是很少見的，但是像劍山這樣的高山，這種天氣異變卻時常發生。因為下雨的關係，山裡佈滿白色雲霧，雉雞和山鳥四處竄逃，啪啪振翅飛起，為了避雨而像箭一樣快速地往林中飛去。老爺爺並不驚慌，只是笑了笑說：「讓這顆瘤被雨淋一下、清涼一下也不錯。」說完，繼續盤坐在岩石上，眺望著雨景。雨越下越大，不見雨停的跡象，「哎呀，清涼過頭了身體覺得好冷。」說著說著，便站了起來，打了一個很大的噴嚏，揹起收集好的柴，靜靜地跑入林中。森林裡，避雨的鳥獸們混雜一處。

「啊，不好意思。借過一下，不好意思。」

老爺爺一邊開心地向猴子、兔子、山鳩們打招呼，一邊向森林的深處前進，最後在一棵大山櫻樹的樹根下找到寬闊的洞穴，躲了進去。

「哎呀，這間屋子真是漂亮。怎麼樣，各位也請進吧，」他對兔子們叫著，「這裡沒有那個偉大的老婆婆也沒有聖人，不要客氣，請進吧。」老爺爺胡亂說著，過了不久，只聽見「呼、呼」小聲的鼾聲，老爺爺睡著了。雖說喝酒這回事就是醉了之後胡言亂語一通，但是，大體上來說也就只是這樣，是件無傷大雅的事。

等著西北雨　雨停的時候
是不是　累了呢　老爺爺
不知不覺中　沉沉地　睡著了
山林間　放晴了　清朗無雲

是一個　明媚的　美好月夜

這天的月亮，是春夜的下弦月。月亮浮在如清水一般淺綠色的夜空中，月影如松葉般紛紛灑落。老爺爺仍在沉睡著。蝙蝠從樹洞裡啪噠啪噠飛了出來，老爺爺忽地睜開眼睛，發現已經是晚上了，嚇了一跳，「這下可糟了！」

一邊說著，眼前馬上浮現出家裡那個開不得玩笑的老婆婆與嚴肅的阿波聖人的臉。唉，這可不得了啦，雖然他們從來沒罵過我，但是這麼晚才回家，到時候一定又會搞得不愉快，咦，酒也沒了啊。老爺爺搖了搖葫蘆，傳來剩下一點點的酒輕拍壺底的聲音。

「還有嘛。」老爺爺一鼓作氣把剩下的酒喝光，覺得有一點醉了，「啊，月亮出來啦，春宵一刻──」一邊小聲嘀咕著無聊的事，一邊從樹洞裡爬了出來，忽然──

啊呀　怎麼了　吵吵鬧鬧的

一看　不可思議啊　是在做夢嗎

放眼望去，在樹林深處的草原上，是一片彷彿不可能存在於這世上的奇妙光景。所謂的鬼，到底是什麼樣的東西，我也不知道，因為我從沒見過。雖然從小就看過許多鬼的圖畫，多到都膩了，但是至今仍未有幸見到本尊。即使是鬼，似乎也分成很多種類，像殺人鬼、吸血鬼等等，將令人憎恨、不快的東西稱之為鬼，由此看來，鬼似乎是一種具有醜陋性格的生物；但是另一方面，報紙的新書介紹專欄上總是會看見「文壇鬼才某某老師的傑作」這樣的字句而造成誤會。難道是某某老師擁有像鬼一樣醜惡才能的事實被暴露出來了，要藉以警告世人，才在新書介紹欄裡使用鬼才這種莫名其妙的字彙？更過分的像是「文學之鬼」這種字眼，即使真的是十分激賞，但用這種冒昧又過分的字彙來吹捧某某老師，他一定也會感到非常生氣吧。但也可能不是這樣，或許那位老師被冠上如此失禮萬分的稱號，其實不覺得討厭，反而默許了這種奇怪的尊稱，聽說了這樣的傳言，愚者如我，始終感到百思不解。那些穿著虎皮褌褲③的赤面鬼，手上拿著作工粗糙、像鐵棒的東西，竟然是諸多藝術之神，我怎樣想也想不透。鬼才啦，文學之鬼啦這一類難解的辭彙，還是少用為妙，一直以來我都抱持著這樣的愚見，但那是因為我見聞狹隘，說不定鬼是有很多種的。這時，如果可以稍微瞄一眼日本百科辭書的話，那麼我就能搖身一變，成為老幼婦孺所尊敬的博學之士（人們常說的智多星大概就是這類的人），變得胸有成竹，對鬼侃侃而談。但是很遺憾，我現在蹲在這個防空洞裡，而我的膝上只攤著一本兒童繪本，如此而已。我不可能只憑著這本繪本而做出什麼論斷。

放眼望去，在樹林深處的廣闊草原上，有異形之物十幾人，或者應該說是十幾隻，總之，他們果然都穿著虎皮褌褲，這些巨大的紅色生物圍坐成一個圓圈，在月下舉行著宴會。

老爺爺一開始看到這景象時嚇了一跳，但喝酒這回事就是沒醉的時候十分窩囊軟弱，但是喝醉了以後就變得膽識過人。老爺爺現在處於微醉的狀態，不管是嚴肅的老婆婆，還是品行方正的阿波聖人，他變成了一個什麼都不怕的勇者。看到眼前這副奇怪的景象，完全沒被嚇得腿軟，維持爬出樹洞的姿勢，注視著這個

③　日本男子穿的下著，用布纏在腰上及臀部，又稱六尺褌。

奇怪的酒宴。

「好像很舒服的樣子呢，他們都喝醉了。」老爺爺低聲說著。不知怎麼地，從心中深處湧出一股奇特的喜悅。喝酒這回事就是看到其他人喝醉，自己彷彿也能感到同樣的滿足。這並不是所謂的利己主義者。應該這麼說，像是為了鄰家的幸福而乾杯一樣，存有某種「博愛」的情懷。自己想要喝醉的時候，如果鄰人能一起舉杯同樂，這樣的快樂似乎有加成的效果。老爺爺是很清楚這一點的。老爺爺直覺眼前這些分不清是人還是動物的紅色巨大生物，應該是鬼之類的可怕種族，因為只穿著一條虎皮褌褲，一定錯不了的。那些鬼正喝到興頭上，醉醺醺的。老爺爺也醉了。在這種情況下，內心不由得產生一股親暱感。老爺爺依然維持著爬行的姿勢，望著這詭異的月下酒宴。眼前這群生物雖說是鬼，但並不像是殺人鬼或吸血鬼那種有著佞惡性格的種族，紅色的臉確實令人害怕，但是看起來都非常開朗無邪。老爺爺的推斷大致上是正確的。這些都是個性相當溫和的鬼，甚至可以被稱之為劍山的隱者，和地獄的那種鬼是完全不同的種族。第一，他們沒有拿著鐵棒之類的危險物品，這就是他們沒有害人之心的證據。但是，雖說是隱者，卻又不像那些竹林裡的賢者，擁有豐富的知識但不知如何自處，於是逃入竹林中，這些劍山隱者的心是非常愚鈍的。「仙」這個字是一個人加一個山組合起來的，望文生義，我們可以稱住在深山裡的人為仙人，既然聽過如此簡單的理論，那麼根據這個論點，不管這些劍山的隱者們有多麼愚笨，應該都能夠贈與他們仙人的尊稱。總而言之，與其稱這群熱衷於月下酒宴的紅色巨大生物們是鬼，不如稱呼他們為仙人還比較恰當。再看看他們酒宴的樣子，只是發出無意義的奇怪聲音、拍著膝蓋大笑，站起身來胡亂地跳著，或是捲起巨大的身體，從圓圈的一端咕嚕咕嚕地滾到另一端，這應該就是他們的舞蹈，雖然先前已經提過這群鬼心智愚笨，但是由此不只能看出他們的智商水準，還能發現他們根本沒有藝術方面的才能。這麼一來，似乎就能證明鬼才、文學之鬼等等辭彙根本是無意義的。如此愚笨又沒有才藝的鬼，一個個被稱為藝術之神，我怎麼想也想不透。老爺爺看到這樣低能的舞蹈也不禁看傻了眼，一個人在旁邊竊笑。

「這什麼嘛，跳得真差。我就露一手，讓你們看看我的手舞吧。」老爺爺小聲地說。

喜歡　跳舞的　老爺爺

馬上　跑出去　跳著舞
臉上的　大肉瘤　搖來晃去
真是　又奇怪　又好笑

老爺爺因為微醉而有了勇氣，對這些鬼也抱持著親和的感情，所以絲毫不害怕，跑進圓陣的正中央，跳起拿手的阿波舞——

老了要梳島田頭④只好戴假髮
把紅襷帶⑤弄亂也不是不可能
媳婦也戴起了斗笠⑥呀　來吧來吧

老爺爺用嘹亮的歌聲唱著阿波的民謠，這些鬼也好像很開心似地，發出嘰嘰喀喀、嗑嗒嗑嗒的怪聲，一邊笑到在地上打滾，一邊流著不知道是口水還是眼淚。
老爺爺趁著這股好氣氛，繼續唱著：

去大谷的話，大谷滿地都是石頭
去笹山的話，笹山滿地都是竹子⑦

老爺爺又引吭高歌了一段，然後繼續輕妙的舞蹈。

這群鬼也　非常地高興
下一次月夜　也請一定　要光臨
請再跳舞　給我們看
作為約定的印記

---

④ 島田頭：原文為娘島田，是江戶時代未婚女性（約十五至十六歲）的一種髮型，盤起頭髮髮髻繫在頭頂上。
⑤ 襷帶：古時日本人穿著和服要勞動時，就用襷帶把和服袖子綁起來以免妨礙工作。
⑥ 原文「笠着て」除了戴斗笠的意思之外，還有狐仗虎勢的意思，所以也意味著妻管嚴。
⑦ 這是實際存在的阿波舞謠，原文的歌詞順序其實是兩句互相顛倒的。

請留下一件　重要的東西

鬼這麼說著，然後就窸窸窣窣地低聲討論起老爺爺臉上那個光滑得發亮的肉瘤，好像看到了什麼不得了的寶物一樣。如果把那顆瘤留在這裡，他一定還會再來的，鬼做了這般愚昧的推測，不由分說就倏地將肉瘤給拿走了。他們雖然沒有智慧，但可能是因為在深山裡住久了，多少也習得了仙術一類的東西。眾鬼完全不費半點工夫，也沒有留下任何痕跡，漂亮地把瘤給取下來了。

老爺爺嚇了一跳，「啊！真傷腦筋，那是我的孫子呀！」老爺爺這麼說著，鬼卻非常得意的樣子，哇——地歡呼起來。

到了早上　沾滿露水的道路　閃閃發亮
肉瘤被　拿走的　老爺爺
帶著變得空空的　臉頰
往山下　走去

肉瘤對孤獨的老爺爺來說，是唯一能說話的對象，但現在肉瘤被拿走了，使老爺爺感到有些寂寞；但是，變得輕盈的臉頰被早晨的微風輕撫著的感覺倒也還不錯。這樣的結果，不知該不該說是「塞翁失馬焉知非福」？已經很久沒有如此盡興地唱唱跳跳了，只有這件事可以說是福吧？老爺爺一面煩惱著這些無聊的事一面走下山，途中巧遇要去農田工作的兒子阿波聖人。

「早安。」阿波聖人摘下頭巾，莊重地向老爺爺問安。

「嗯。」老爺爺仍在煩惱著。父子倆便分道而去。即使是聖人，看到老爺爺的瘤在一夜之間消失，內心多少也受到了些衝擊。但是，針對父母的容貌作出論斷或批評，是違背聖人之道的，因此便假裝沒看到，默默地離去。

回到家裡，老婆婆只冷靜地說了一句「回來啦」，昨天怎麼搞的去了哪裡之類的事情完全沒有過問，一邊低聲說著「味噌湯要冷了喔」，一邊準備老爺爺的早餐。

「不，冷了也沒關係，不用熱了。」老爺爺刻意不想再麻煩老婆婆，有點戒慎恐懼地吃起早飯。吃著老婆婆準備的早餐，老爺爺雖然非常想把昨晚不可思議的遭遇說給她聽，但老婆婆嚴肅的態度令他卻步，想說的話已經到了嘴邊，還是說不出口，只好無奈地低著頭安靜吃飯。

「那個瘤，好像萎縮掉了。」老婆婆突然開口說。

「嗯。」老爺爺已經不想再說什麼了。

「應該是破掉了，裡頭的水流出來了吧。」老婆婆一副事不關己的樣子。

「嗯。」

「如果水又積在裡面，還是會腫起來對吧。」

「是啊。」

結果，老爺爺一家對於瘤的事竟然什麼問題也沒有。在此同時，老爺爺家附近還有一位左臉頰長著大瘤的老先生，但這位老先生非常憎恨這顆瘤，每天只要經過鏡子就會嘆氣，認為都是因為這顆瘤阻礙了他出人頭地的機會，因為這顆瘤，他忍受多少他人不堪的侮辱或嘲笑，也想過把鬍鬚留長遮住這顆瘤，但是很不幸地，瘤總是會從銀白的鬍鬚中露出來，反而十分顯眼，簡直就像從海平面浮出的元旦日出一樣，巴不得讓大家看到這個天下奇觀似的。

這個左臉長瘤的老先生原本是人品很好的人。身軀堂堂，鼻子很挺，眼光也很銳利，言語動作都十分莊重有威嚴的樣子，處事思慮也相當謹慎周到。服裝總是高貴華麗，看起來也很有學問的樣子，財產也是那位整天只知道喝酒的老爺爺所比不上的，附近的人都對他甘拜下風，尊稱他「老爺」或「大師」等等，雖然這個人看起來就是位很了不起的人物，但左臉卻有這麼一顆大瘤，因此終日鬱鬱寡歡。這位老爺爺的妻子非常年輕，才三十六歲，說不上是美女，長得白白胖胖的，總是沒規矩地大聲笑鬧。他們有一個十二、三歲的女兒，生得很美，但有些嬌縱。女兒和母親的感情很好，兩人總是笑得非常開懷，因此，這個家庭和每天愁雲慘霧的老爺爺家完全不同，給人十分開朗的印象。

「媽媽，為什麼爸爸的瘤這麼紅啊？好像章魚的頭喔。」嬌寵慣了的女兒毫不客氣地直接說出她的感覺。母親沒有叱責她，只是呵呵呵地笑著：

「對啊，也像是木魚吊在臉頰上一樣。」

「吵死了！」老爺生氣了，瞪著妻子怒氣沖沖地站起來，退到裡頭昏暗的房間去，拿起鏡子，失落地說：「這個東西實在是太可惡了。」老先生甚至想拿小刀把它割下來，死了也就算了，正在不耐煩的時候，偶然聽到附近鄰居說，那位愛喝酒的老爺爺右臉上的瘤忽然不見了。暮夜之時，老爺偷偷地去拜訪貪酒老爺爺的草屋，得知了月夜下那場不可思議酒宴的事情。

聽著聽著　非常地　高興
「好的好的　那我也　一定要
請他們　幫我把　這瘤給拿掉」

說完，老爺便勇敢地前進了。這天剛好也是個明亮的月夜，老爺有如即將出陣的武士，目光炯炯，嘴角往下呈ㄟ字型地緊閉著。今天晚上，一定要好好地舞一曲，讓那些鬼感服在心，萬一眾鬼無法感動，我就用這支鐵扇把牠們殺光，那些只知道喝酒的愚鬼，成不了什麼大事。只見老爺爺氣勢十足地將鐵扇拿在右手，盛氣凌人地向劍山的深處走去，不知道究竟是要去跳舞給鬼看，還是要去制裁那些鬼。像這樣，執著於所謂「傑作意識」的人所表演的才藝，通常都不怎麼樣。這位老爺爺的舞蹈也是，因為太積極地想要表現，反而跳得很糟，於是便完全失敗了。老爺爺恭敬莊肅地慢慢走向眾鬼酒宴的圓陣中央，「獻醜了。」面對眾鬼輕輕點了點頭，一把打開鐵扇，屹然仰望著月亮，如大樹般凝然不動。過了一會兒，他輕輕地抬起腳步，徐然吟出：

「此乃於阿波鳴門浦濱作一夏⑧籠居修行之僧人。且此浦為平家一門喪命之處，令人悲痛，遂每夜來此磯邊誦經供養，於海濱磯山旁，長有松木的岩石上，長有松木的岩石上。誰人夜舟過白波，鳴門只聽見楫音，今宵如此靜謐，今宵如此靜謐。昨日已過，今日苟活，明日亦然。⑨」說完便緩緩移動著身體，但雙眼仍然凝望著月亮。

這些鬼　都十分困惑
陸續地　站起身來　逃走了

---

⑧ 一夏：每年四月十五日至七月十五日，這九十日間出家人閉關禁足修行稱為一夏。古代因為此時期蚊蟲多，幾乎只要踏出一步就可能踩到蚊蟲而殺生，所以這一段時間出家人不出門。

⑨ 原文是日本能樂的謠曲〈通盛〉，取材自《平家物語》，原作井阿彌，後由世阿彌改作。故事大意描寫一位在阿波的鳴門海濱唸經弔謁平通盛夫婦的僧人，平通盛夫婦的亡靈乘著小船出現在僧人面前，僧人唸經令二人成佛。

「請等一下！」老爺悲痛地大喊，在鬼群的後面追著，「你們現在還不能走啊！」

「快逃、快逃！說不定是鍾馗啊！」

「不是的，在下不是鍾馗！」老爺拚命地追著鬼，「拜託，無論如何、無論如何，這顆瘤，請幫我拿掉。」

「什麼？瘤？」鬼狼狽地逃跑著，所以一時之間聽錯了意思，「什麼嘛，原來如此，這是上次那個老爺爺留在這裡的，非常重要的東西吶，不過，既然你那麼想要，就給你吧。總之，千萬別再跳那個舞了，好不容易喝醉的都被你給弄醒了。求求你，不要再跳了。被你這麼一搞，害我們得去別的地方重新開始喝。拜託，算我求你，不要跳了。喂，來人啊，把上次的瘤還給這個奇怪的人，他很想要的樣子。」

這鬼就把　上一次　保管的

肉瘤　給黏了上去　黏在右邊的臉頰
唉呀唉呀　咚咚　變成兩個瘤
搖搖晃晃　很重的樣子
老爺爺　覺得很丟臉
慢慢地　走回村子去

於是，變成了這樣令人遺憾的結果。所謂的童話故事，大致上都是惡人有惡報，但是這個老爺爺並沒有做什麼壞事，只是因為太緊張，導致跳舞跳得很奇怪，如此而已。況且，在這個老爺爺的家庭裡，也沒有誰是壞人。那位愛喝酒的老爺爺也是，他的家人也是，那些住在劍山的鬼也是，誰都沒有做半點壞事。也就是說，在這個故事當中所謂「不正當」的事一件也沒有，但還是有人因此變得不幸。所以，想要從這個〈肉瘤公公〉的故事中獲得什麼道德啟示，是一件非常困難的事。如果有不耐煩的讀者來質問我，到底為什麼要寫這種故事，我只能如此回答他，除此之外別無他法。

只是人性的悲喜劇罷了。這個問題將持續不斷地，存在於人類生活之中。

浦島先生

浦島太郎這個人，似乎是確實曾經存在於丹後水江一帶的人。丹後大約是現今京都府的北部，據說在北海岸的某個貧村裡，也還有供奉太郎的神社。雖然我沒有去過那裡，不過依照他人的說法，似乎是個非常荒涼的海濱，浦島太郎就住在那裡。當然，他不是一個人住在那的，他有父親、有母親，也有弟弟和妹妹，還有很多僕人。也就是說，他是這海岸上名門望族的長男。說到望族的長男，不論是古代還是現在，都有一貫的特徵，就是興趣廣泛、愛玩。說好聽是風流倜儻，說難聽就是遊戲人間。不過，即使說是遊戲人間，和愛好女色或終日酗酒的那種放蕩，還是各異其趣的。像是粗魯地咕嚕咕嚕大口喝著酒，或是和品行不正的女人在一起，讓親兄弟們顏面無光，會做出這種荒唐事的人，大多是次男或三男。長男是不會這樣野蠻的，因為有先祖留傳下來的恆產，所以才能生恆心①，品行似乎也會比較端正。也就是說，長男的遊戲人間和次男、三男那種整天買醉、令人為之氣結的傢伙不同，長男只是因為興趣，偶爾為之而已。於是，因為這種偶爾為之的玩興，大家都認為這就是望族長男就該有的品味，自己也陶醉於他高尚的生活品味當中，並就此滿足。

「做大哥的人不想冒險，這可不行啊。」今年已經十六歲，卻比男生還野的妹妹如此說道：「這樣躊躇不前，真是膽小。」

「才不是那樣，」今年十八歲，粗魯放蕩的弟弟反對著，「是因為哥哥太在乎美男子的面子了。」

這個弟弟膚色很黑，是個醜男。

浦島太郎聽到弟妹這麼不客氣的批評，並沒有生氣，只是苦笑：「讓好奇心爆發出來是冒險，相反的，抑制好奇心也是一種冒險。不論哪一種都是危險的。因為人啊，有一種叫做宿命的東西。」他用一種想澄清某些事卻讓人摸不著頭緒

---

① 此處引用《孟子．梁惠王上》：「無恆產而有恆心者，惟士為能。若民，則無恆產，因無恆心。」

的語調說著，之後便兩手背在背後，出門去了。

苅薦乃
亂出所見
海人釣船②

浦島在海岸邊散步，和往常一樣，故作風流地誦唸一些詩句，「人啊，為什麼不互相批評就活不下去呢？」他闊然昂首，思考著這個質樸的問題，接著開始搖頭，「沙灘上的萩花、慢慢爬近的小螃蟹、或是在河口處休息的雁子，他們都不會批評我。人類也應該這樣，每個人都有自己的生存之道，但是這種自我的生存之道，是不是就是讓人無法相互尊重的原因呢？明明我很努力地不給別人帶來麻煩，過著高雅的生活，但還是會有人說閒話。煩死了。」說完還嘆了口氣。

「喂、喂，浦島先生。」這個時候，浦島聽見腳邊有個小小的聲音。

原來是上次那隻惹麻煩的烏龜。我並不是想讓大家覺得我博學多聞，但還是必須在此插一下話。烏龜是有分很多種類的，有住在淡水的，也有住在鹹水的，牠們的體型都不太一樣。像在弁才天女神的池畔③，懶洋洋地趴著做日光浴的那種，叫做石龜④，在繪本上，常常會看到浦島先生坐在這種石龜的背上，一隻手橫擋在眉前，眺望著遠處的龍宮，但這種烏龜一進入海水，應該馬上就會被鹹水給噎死。不過，在婚禮時用的島台⑤上，以及「鶴壽千年，龜壽萬年」這類賀詞中，或是在蓬萊山跟鶴一起隨侍在尉姥身邊的龜，大多都被認為是石龜，幾乎沒見過鱉或玳

---

② 此首和歌出於《萬葉集》卷三第二五六首，是柿本人麻呂將旅途中所見所感寫成八首和歌〈旅歌八首〉當中的最後一首，描寫他於夏秋之際旅行到飯飼之海（今播磨灘）時看到的海景。原文的白話意思是：「海上漁船點點，如剛被收割的筊白筍散亂在水田上的樣子」。海人的另一個意思：傳說是犧牲生命，將寶珠從龍宮拿出來的人。

③ 弁才天是日本神道教的神之一，傳說有八臂，是守護神。因「才」和「財」在日文也是同音，所以也作弁財天，守護財運之意。這裡所說指的應是東京赤羽站附近的龜池弁天，在鳥居通往弁天像的橋下就是龜池遺跡，現在只是一個很小的池塘，裡面有很多烏龜，池畔還有一座很小的浦島太郎石像。

④ 淡水龜的一種，十分常見，龜殼多為褐色或暗褐色，腹面為黑色，常見於河川池沼等淡水區域。

瑁之類的島台。因為這個緣故，繪本的畫家也就認為浦島先生的嚮導（不管是蓬萊還是龍宮都是需要嚮導的仙境）是這種石龜，這也是無可厚非的事。但是，怎麼想都覺得，用那種長了指甲的醜手撥水游到海底深處，實在很不自然，應該是用像玳瑁那樣鰭狀的大手划水才對。我真的不是在賣弄什麼，不過還有一個令我困惑的問題。以我國來說，玳瑁的產地應該是在小笠原、琉球、台灣這些南部的地方，所以非常遺憾，丹後這側靠近日本海的北海岸，是不可能有玳瑁的。這麼說來，把浦島先生當做小笠原或琉球群島的人就可以解決了，但是，從很早以前就記載著浦島先生是丹後水江的人，現今丹後的北海岸也有浦島神社留存，基於尊重日本歷史的理由，不管童話故事再怎麼虛構，也不能把浦島亂寫成小笠原或琉球人。真要說的話，一定是小笠原還是琉球的玳瑁游來日本海了。不過，這樣寫的話，一定又有生物學家會說「你們真是亂來」，說我們這些所謂的文學作家就是欠缺科學精神。被人這樣輕蔑也非我們的本意，因此，關於這點，我已經思考過了。難道除了玳瑁以外，就沒有其他也是鰭狀手掌、並且生活於鹹水的龜嗎？其實，還有一種叫赤海龜的龜。差不多在十年前（唉，我也老了呢），我曾在沼津海邊渡過了一個夏天，當時海灘上出現了龜殼直徑將近五尺的大海龜，在漁夫之間引起不小的騷動，我也親眼看到了，所以一直記得赤海龜這個名字。啊！就這麼辦吧。如果故事是發生在沼津海濱的話……唉，就算說牠因為一直在日本海洄游，所以才會在丹後的海濱被發現，還是會在生物學界引起輿論及撻伐，即使說是因為潮流這樣那樣所以才怎樣，還是會引起不滿吧。算了，那個我不懂。在不可能出現的地方出現，這種不可思議的事也不是只有發生在海龜身上，就這樣帶過吧。科學精神也不一定就可靠，定律或公理也都是假說而已，不是嗎，可不是說了就算的。回到正題，那隻赤海龜（赤海龜這個名稱太拗口了，以下就簡單稱呼為龜吧）伸長脖子仰望著浦島先生，「喂、喂」地叫著，說：「這是當然的事啊，您也知道的吧。」浦島嚇了一跳，「什麼嘛，原來是你啊，就是上次我救過的烏龜嘛，怎麼又跑來這裡了？」

---

⑤ 島台：婚禮時放置在家中的裝飾品，上面放置著松竹梅，大多是一對尉姥像，或是鶴和龜，表示祝賀之意。「尉姥」源自能樂謠曲〈高砂〉，尉在能樂中指老翁的角色，姥指老婦的角色。尉姥夫婦心意相通，其後多以掛軸或飾品表示祝賀之意。

這就是之前浦島看到被一群孩子嘲弄，覺得牠很可憐，便把牠買下來放回海裡去的那隻烏龜。

「說我又跑來這裡也太無情了，我會討厭您的，少爺。不過我還是想要報答您的恩情，從那天起，每日每夜都來這個海灘等待少爺。」

「你太淺慮了，或者應該說有勇無謀吧。要是又被那群小孩子發現了該怎麼辦？這次可不一定能活著回去了。」

「您怎麼這麼無情呢。如果又被他們抓到，我想少爺一定會再把我買走的。真是抱歉，我如此淺慮，但無論如何，我都想要再見少爺一面。這種心情可能正代表著我已經喜歡上您了。少爺啊，希望您能懂我的心意。」

浦島苦笑了一下，小聲嘀咕著：「真是自以為是的傢伙。」

龜聽了便說，「我說，大少爺，您是在自我矛盾吶！剛剛您才說自己不喜歡被批評，但您不是也自以為是地批評我淺慮又有勇無謀嗎？少爺才自以為是呢。我有我自己的一套原則，請您遵守遊戲規則好嗎。」龜漂亮地反擊了浦島。

「我並不是批評你，那叫做訓誡，也可以說是勸諫吧，雖說忠言逆耳，但對你是有好處的，其實我是這個意思。」浦島臉紅了，拼命想潤飾剛才的話。

「如果他不要故意裝得這麼正氣凜然的話，其實是個好人啊。」龜小聲地說。

「不不不，我已經不想再多說什麼了。請您坐到我的殼上來吧！」

浦島吃了一驚，「你說什麼！我不喜歡這種野蠻事，坐到龜殼上這種事太粗魯了，絕對不是一種風雅高尚的行為。」

「這種事情有什麼關係呢。只是為了當做之前的謝禮，帶您參觀一下龍宮城而已。快點，坐到我的龜殼上來吧。」

「什麼，龍宮？」浦島脫口而出，「別開玩笑了，難道你是喝醉了嗎？在胡說什麼呢！所謂的龍宮雖然自古以來就在歌謠當中被詠唱、被寫在神仙故事中流傳下來，但那是不存在於這個世上的東西，吶，懂嗎？那可是自古以來吾等風雅之人的美夢與憧憬啊！」浦島說的話太過風雅，語氣變得有點惹人厭。

這次換成烏龜脫口而出，「唉，真受不了，待會兒再慢慢聽您解說風雅的含義，反正您就相信我，坐到我的龜殼上就是了。您實在是不了解冒險的趣味啊！這樣可不行！」

「啊，你果然說了跟我妹妹一樣失禮的話。我實在是對冒險這種事不感興趣，舉例來說，就像是特技雜耍之類看來華麗但終究難登大雅之堂的東西，甚至可以說是邪門歪道。不了解宿命的真諦，也沒有傳統的教養，盲蛇無懼，大概就是這個意思。對吾輩正統的風流之士而言，是感到不快又不屑的東西，更嚴重點可以說是輕蔑。我只想循著先人走過的平穩道路筆直地前進。」

「噗，」龜又脫口而出，「難道先人走的道路，就不是冒險的道路嗎？不，如果冒險這個字眼用得不恰當的話，可能會令人聯想到沾滿血跡、渾身髒污，不務正業的人，但是為了讓您覺得有說服力，我就從頭講一遍吧。只有相信在山谷對面開滿了美麗花朵的人，才能心無窒礙，抓著藤蔓走到對面。如果以為那樣做的人是在表演特技，還給予喝采，實在是令人感到顰蹙。那絕對是和雜耍藝人的走鋼索完全不同的！抓著藤蔓橫濆山谷的人，純粹只是為了想看到山的另一邊盛開的花而已，絕不會有『自己正在冒險』這種粗俗虛榮的想法。什麼把冒險當成自傲的事，真是愚蠢。姑且就將『堅信對岸有花』這件事稱作冒險好了。您說您沒有冒險心，那也就表示您沒有信仕的能力。『相信』是很低俗的事嗎？『相信』是邪門歪道嗎？你們這種紳士把自己鐵齒這件事情拿來說嘴，真是非常可惡。這不是頭腦聰明，而是更低賤的，叫做吝嗇，證據就是您只做對自己沒有壞處的事。請放心，誰都不會對您提出無理的要求。你們不會坦率地全盤接受別人親切的好意，是因為想到事後必須回報，覺得很麻煩，對吧！所謂風流之士，原來全都是小氣鬼！」

浦島說：「你說得太過分了！我已經被弟妹們不留情面地講過一次，來到海濱散心，竟然還得被受我幫助過的烏龜批評。我和你們這種對於傳承優良文化傳統毫無自覺的人不同，就隨你說吧，這或許也算是種自暴自棄，但我可是什麼都知道的。雖然這不該是從我口中說出的話，但你們的宿命和我的宿命，有著相當大的階級差異，從出生的時候就已經有所不同了。這並不是我的錯，而是上天賦予的。可是你們似乎覺得相當不甘心。意思就是，雖然你們想要把我的宿命層次拉低到與你們的宿命一樣，不過人事終究不及上天的安排。你說這種要把我帶到龍宮去的大話，還期待我給予對等的附和，真是夠了，我什麼事情都知道，你不要再胡鬧了，快回去你海底的家吧。我好不容易救了你，要是你再被孩子們抓到，我可是不會再出手了。你們才是不懂得如何坦率接受別人好意的人。」

「嘿嘿，」龜膽大妄為地笑著，「真不好意思讓您救了我。紳士嘛，就是這點討厭。對別人親切以待，是十分高尚的美德，明明多少都有些期待別人回報，卻又對別人的好意保持警戒，對方以平等待您，似乎使您感覺被看輕了，所以很洩氣吧。我說，您會幫助我這隻龜，是因為施暴者只是小孩子吧。既然一邊是烏龜，一邊是小孩，在龜和小孩之間做出仲裁，之後也不太可能會有麻煩。而且，對小孩子而言，五文錢已經很多了。唔，不過，五文錢也是殺過價的價錢了吧。那時候我也想過，要不要多少幫您出一點呢，因為您的小氣讓我嚇了一跳。一想到『我的身體只值五文錢』就感到相當羞恥。而且那個時候，因為對方是龜和小孩子，您才願意花五文錢來調停，可能只是您心血來潮吧。如果那時的雙方不是龜和小孩，而是一個兇暴粗魯的漁夫在欺負生病的乞丐，別說是五文，您連一文錢都不會出，只會皺著眉快步走過吧。因為你們這種人，非常不願意面對人生的真實面貌，您一定覺得您那高級的宿命，就像被糞尿玷污了一樣。對別人的恩惠，只是出於玩興，是享樂。因為是龜，所以才出手幫助，因為是小孩，所以才出錢。如果是粗魯的漁夫跟生病的乞丐，就免了吧。您是非常厭惡臉上被現實生活中那股腥臭的風吹撫著的，玉手也不喜歡被弄髒。我只是敘述我所聽到的事情而已，浦島先生，您不會生氣吧，因為我其實是喜歡您的呀！哦，您在生氣嗎？像您這樣擁有上流宿命的人，一定覺得被我們這種下賤的東西喜愛是很不名譽的。而且我又是隻龜，被龜喜歡這件事，一定讓您感到更不舒服吧，但是，請您原諒我，因為喜歡或討厭都是沒有理由的。我並不是因為受過您的幫助才喜歡上您的，也不是因為您是一位風雅的人所以才喜歡您的，只是突然就喜歡上了。因為喜歡，才說您的壞話，想要捉弄您。這就是我們爬蟲類表達愛情的方法。反正，因為我是爬蟲類，是蛇的親戚，所以您會覺得我沒有信用，但是，我不是伊甸園的蛇，我只是一隻日本的龜。帶您去海底、去龍宮，都是沒有任何企圖的，不要擅自揣測我的心意啊，我只是想跟您一起玩，想跟您一起去龍宮玩而已。在那個國度裡，沒有令人心煩的批評，大家都悠哉地生活著，所以我才想帶您去玩的。我可以爬到陸地上，也可以潛到海底去，所以我才能對兩邊的生活做出客觀的比較，但的確，陸地的生活是比較嘈雜的，對彼此的批評太多了。陸地生活中的會話，不是說別人的壞話，就是吹捧自己的廣告詞，真是煩死了。因為我三不五時就到陸地上來，多少也受到了陸地生活的啟發，正是因為聽多了那些批評，漸漸地我也變得會批評別人了，儘管不得不承認我的確是受到了不好的影響，但這個批評的壞習慣已經沒辦法改掉了，生活在沒有批評的龍宮城裡竟然感到有點無聊。學到了這種壞習慣，也是文明病的一種吧。現在的我，不知道自己算是海裡的魚還是陸上的蟲，就好比是那個不知道該算是鳥還是獸的蝙蝠一樣，真是可悲。嗯，也可以說我是海底的異端者吧。我變得越來越難待在故鄉的龍宮城了，不過我可以保證，那裡還算得上是一個遊玩的好去處，請相信我。那個歌舞昇平，充滿美酒佳餚的國度，很適合你們這種風流人物。您剛才不是　直感嘆著不喜歡批評嗎，龍宮沒有批評唷。」

浦島被龜驚人的長篇大論給堵住了嘴，說不出話，內心還被最後一句話給深深吸引住。

「要是真有那樣的國家就好了。」浦島說。

「咦，真討厭，您怎麼還是在懷疑呢？我不是在說謊，為什麼不相信我呢？我要生氣了喔。只會無病呻吟地憧憬而不去實行，就是風流人嗎？那可真令人討厭。」

個性溫厚的浦島被這麼痛罵著，也找不到台階下了。

「真拿你沒辦法，」浦島苦笑著說，「那就悉聽尊便。我就試著坐在你的龜甲上吧。」

「您講的我全都不同意，」龜真的生起氣來，「試著坐在龜甲上，這是什麼話？試著坐在龜甲上，和坐在龜甲上，結果還不是都一樣嗎。就像邊懷疑邊想著『往右轉看看吧』，和您直截了當地往右轉，其命運都是一樣，不論選擇了哪一種，都無法再回到原本的狀態了。就在您試試看的當下，您的命運已經被決定了，人生中是不存在著嘗試的，做看看和做了，是一樣的。你們這些人在緊要關頭的時候很難下決定吧，真是不乾脆，總以為還可以復原。」

「知道了、知道了，那我就相信你坐到龜甲上去！」

「好，出發！」

浦島坐上了龜甲，轉瞬間龜甲就突然展開，攤成像兩張榻榻米這麼大，緩緩地向海裡游去。才游了一尺，龜就用嚴厲的口氣命令著：「把眼睛閉上。」浦島乖乖閉上了眼睛，聽見雷陣雨一般的聲音，身體周圍覺得很溫暖，耳朵被像是春風卻又比春風稍重的風吹撫著。

「水深千潯。」龜說。

浦島覺得胸口很不舒服，好像暈船一般。

「可以吐嗎？」浦島仍然閉著眼睛問著龜。

「您說什麼？要吐嗎？」龜又回到先前輕率的語氣，「真是個噁心的船客。哎呀您還真老實，眼睛還閉著呢。就是因為這點，我才喜歡太郎先生的。已經可以張開眼睛了喔。看看四周的景色，胸口就會覺得舒服多了。」

浦島睜開眼睛，只見到一片蒼茫模糊的景色，四周透著一種奇妙的淡綠色亮光，完全沒有影子，只有茫然一片。

「是龍宮嗎？」浦島像是還沒睡醒一樣，迷糊地說著。

「您在說什麼呢，現在才水深千尋而已，龍宮在水深萬潯的地方呀。」

「咦，嘿嘿，」浦島發出奇怪的笑聲，「原來海是這麼廣大的啊。」

「因為您在海岸邊長大，所以才會說出這種井底之蛙的話吧。的確是比您家院子裡的那個池子要大一點。」

浦島前後左右觀望了一周，仍是杳杳茫茫一片，往腳下看只有無邊無際的淡綠色，往上看也只看到像蒼穹一般的汪洋，除了兩人說話的聲音之外，萬物無聲，只有像是春風又比春風稍微黏膩一點的風在浦島的耳邊囁嚅著。

浦島發現在遙遠的右上方，有著像是灑出的灰一般，淡淡的汙點。

「那是什麼？是雲嗎？」浦島問著龜。

「別開玩笑了，海裡怎麼可能會有雲呢。」

「不然那是什麼？像是在水裡滴下墨汁的感覺，或許只是單純的微塵吧。」

「您真傻啊，看到之後就會明白了，那是鯛魚群啊。」

「咦？是嗎，看起來很小啊。不過光是那樣應該也有兩三百隻吧。」
「笨蛋，」龜嗤笑著，「您是認真的嗎？」
「那，應該是兩、三千隻吧。」
「別開玩笑了，那群少說也有五、六百萬隻。」
「五、六百萬？你可不能唬我。」
龜微笑著說：「那些其實不是鯛，是海裡火災冒出的濃煙。憑這麼大量的煙就可以推論，約有二十個日本國這麼大的地方正在燃燒。」
「你說謊，在海裡火哪能燃燒？」
「您真是淺慮啊，水裡也有氧氣，火當然能燒。」
「胡說八道，這只是詭辯罷了。先撇開這些不說，那些像垃圾的東西到底是什麼？應該是鯛魚吧？難道你又要說是火災？」
「是火災沒錯。您難道沒有想過嗎？為什麼陸地上無數河川不分晝夜地流入海裡，海卻還是不增也不減，一直保持著相同的量？這麼多水不斷灌到海裡，對海而言的確是很傷腦筋的。解決方案就是有時必須把不必要的水給燒掉。燒啊燒啊的，就變成大火了。」

「真的嗎？可是那一點也不像是煙霧擴展開來的樣子啊，那到底是什麼東西？從剛才開始就一動也不動的，應該也不是魚群。別再開這麼惡劣的玩笑了，快點告訴我。」

「那我就告訴您吧，那是月亮的影子。」

「你又想要我了嗎？」

「不是的，雖然在海底看不到陸地的影子，但是天體的影子是從正上方灑落下來的，因此會映照在海底。不只是月的影子，星辰的影子也是，龍宮就是依據這些影子來制作曆法，定出四季的。那個月亮的影子，好像比滿月少了一點點，今天是十三吧？」

龜相當認真地說著，使得浦島也開始認為事情真的是這樣，但還是覺得有哪裡怪怪的。眼見所及，仍是像一個巨大空洞的淡綠色汪洋，在汪洋的一隅，有幽幽的一個黑點，就算龜在說謊，對身為風雅之士的浦島來說，月亮的影子比起鯛魚群和火災實在有趣得多，還足以勾起他的鄉愁。

就在此時，四周突然變得異常漆黑，轟隆隆恐怖的聲音如烈風一般從四面八方一起襲捲而來，浦島差一點就從龜的背上摔落。

「您再把眼睛閉上。」龜嚴肅地說，「這裡就是龍宮的入口。到海底探險的人類，大都是看到這裡就認為已經到了底，然後就回去了。就人類來說，要穿越這裡的，您是第一個，說不定也是最後一個。」

突然間浦島覺得龜好像反轉了過來，腹部朝上這樣游著，像是在特技飛行時翻轉過來一樣，但是浦島仍然緊緊貼著龜甲，並沒有掉下來，反而覺得還是像一直在龜的上方時一樣，繼續跟著牠一起前進，實在是奇妙的錯覺。

「把眼睛睜開看看。」龜這麼說的時候，已經沒有那種上下逆轉的感覺了，浦島仍然穩坐在龜甲上，龜則繼續往更深的地方游去。

四周像黎明曙光一樣透著薄薄的光亮，腳下出現了白濛濛的東西，看起來似乎是山，像許多高塔般連在一起，但若說是塔，又太過巨大了。

「那是什麼，是山嗎？」

「是的。」

「龍宮的山嗎？」浦島興奮得講話都破音了。

「是的。」龜仍然奮力不息地往前游。

「竟然是雪白的，應該是因為在下雪吧。」

「不愧是擁有高級宿命的人，連想的事情都不一樣呢，真了不起啊，竟然覺得海裡也會下雪。」

「但是，海裡不是也有火災嗎，」浦島想要反擊龜先前的嘲弄，「所以應該也會下雪吧，因為有氧氣啊。」

「雪和氧氣的關係也太遠了吧，即使有關係，大概也只是像風馬牛一樣。真是蠢。想要用這種事情來扳倒我是沒用的。像您這種有品味的上流人士，是不擅長吐槽的。下雪容易下山難⑥，這是哪門子說法，不過跟氧氣比起來是好一點。要是有氧氣的話，它要怎麼進來海裡呢？像齒垢一樣一坨一坨的嗎？啊，真可惜，氧氣這次沒有幫到您呢。」果然，要耍嘴皮的話是比不過龜的，浦島只好苦笑。

「說到山，」龜又露出了淺笑，「難道您不覺得它大得有點奇怪嗎？況且，那個山上會雪白一片，不是因為在下雪，是因為珍珠。」

「珍珠？」浦島嚇了一跳，「不可能，你騙人吧。就算堆了十幾萬、二十幾萬顆珍珠，也不可能堆成這麼高的山。」

「十幾萬顆、二十幾萬顆，那是窮酸的算法。在龍宮我們是不會用一顆兩顆這麼吹毛求疵的算法的，而是用一山、兩山來算，雖說一山大約是三百億顆，但誰也沒辦法精準地數出來，幾百萬山的珍珠也只能堆出那個山峰而已。要找丟珍珠的垃圾場是很麻煩的，追根究底說起來，這些都是魚的糞便所變成的。」

不知不覺之間就到了龍宮的正門，是比預料中還要小的門。珍珠山的山腰發出淡淡螢光，群山靜靜地立著。浦島從龜甲上下來，龜便負責繼續帶路，彎下腰穿過正門。四周透著薄光，一片森靜。

「好安靜啊，靜得有些詭異。該不會是地獄吧。」

「認真點，少爺。」龜用鰭打了一下浦島的背，「所有王宮都是這麼安靜的，難道您還抱持著陳腐的思想，以為龍宮也像丹後海濱一樣，一年到頭都有吵吵鬧鬧的豐獵祭[7]嗎？真是可悲的傢伙。簡素幽邃才是您們風雅的極致，不是嗎？還說是地獄，也太過分膚淺了。只要習慣了，這種稀薄的幽暗反而能溫柔地撫慰心靈，這感覺是難以言說的。請留意腳下，萬一滑倒那就糗了。咦，您竟然還穿著草鞋啊，

⑥「行きはよいよい、帰りは怖い」是日本自古流傳的一首童謠當中的歌詞，意思是上山容易下山難。行き在歌詞裡的讀法和雪（ゆき）相同，太宰的原文用讀音玩了雙關：「雪（ゆき）はよいよい、帰りは怖い」。

⑦以舞蹈祈禱漁獲豐收的祭典。

快把鞋子脫了，在皇宮裡這樣很失禮的。」

浦島紅著臉脫下草鞋，光著腳走，感覺腳底黏黏滑滑的。

「這條路是怎麼回事？好噁心。」

「這不是路，是走廊，您已經進到龍宮城了。」

「是這樣嗎？」浦島驚訝地環顧四周，沒有牆壁，沒有柱子，什麼都沒有，只有薄闇在身邊漾漾地流動著。

「龍宮不會下雨，也就不會下雪，」龜故意用慈愛的口吻，說教似地說，「所以沒有必要跟陸地上的房子一樣，蓋起那些拘束的屋頂和牆壁。」

「可是，剛才的正門不是有屋頂嗎？」

「那只是記號。不只是正門，乙姬的寢宮也有屋頂和牆壁，但那是為了維持乙姬的威嚴而作的，並不是為了防止雨露。」

「這樣子啊，」浦島露出不可思議的表情，「你說的那個乙姬的寢宮，在哪裡呢？所見之處盡是蕭寂幽境，完全看不見一草一木。」

「來了個鄉巴佬真是麻煩啊，只會對著龐大的建物或玲瓏滿目的裝飾品張大嘴讚歎，對這種幽邃的美卻一點也不覺得感動。浦島先生，其實您也不是很高尚嘛，頂多只能說是丹後荒磯裡最風雅的人。還誇嘴說什麼有傳統的教養，聽了會冒出冷汗的，正統的風流人就常常這樣講。帶您親臨實地，卻讓您完全曝露出鄉下人的氣息，我真是不好意思啊，從今以後就請您停止這種東施效顰的風雅吧。」

龜的毒舌在到了龍宮以後就變本加厲了。

「可是，真的什麼也看不到啊。」浦島已經無地自容，用快哭出來的聲音說。

「所以啊，我不是說了叫您注意腳下嗎。這個走廊，不僅僅是一個簡單的走廊，而是魚搭起來的橋，您再好好的留意一下。有上億隻魚僵直身體緊貼著，才組成了這個走廊的地板。」

浦島倏地踮起腳來。難怪從剛才開始就一直覺得腳底滑溜滑溜的。低頭一看，果然如此，無數的大小魚類緊緊地並排，一點縫隙都沒有，一動也不動地僵固著。

「這樣太殘忍了。」浦島的步調頓時變得提心吊膽的，「真是低級的喜好啊，難道這就是你所說的簡素幽邃的美嗎？踏在魚的背脊上走，簡直就是野蠻人的行為，這些魚真是太可憐了。這種奇怪的興致，我這鄉下人還真是不明白。」剛才被罵作鄉下人時的鬱憤不平，這時都一掃而空了。

「不是的，」腳邊傳來了細小的聲音，「我們每天聚集在這裡，是因為醉心於乙姬大人的琴音，並不是為了什麼風雅才搭橋的。請不要介意，放心地走吧。」

「這樣啊。」浦島偷偷地苦笑著，「我還以為這也是龍宮的裝飾品之一。」

「才不是這樣呢，」龜馬上插話，「說不定，這個魚橋是乙姬大人為了歡迎浦島少爺，才特地命令這些魚搭建的。」

「啊，那個，」浦島一臉驚訝，羞紅了臉，「怎麼可能呢，我還沒有那麼自戀。還、還不是因為你說這些魚做成走廊的地板什麼什麼的鬼話，我、我就也以為那些魚被踩著會很痛。」

「魚的世界是不需要地板的。只是因為如果拿陸地上的房子來作比喻的話，這就相當於走廊的地板，為了讓您明白，所以我才用地板來跟您說明，不是什麼鬼話。怎麼，您以為魚會痛啊？您的體重在海底大概也只有一張紙那麼重而已，您自己應該也有感覺到吧，身體輕飄飄的感覺。」

被龜這麼一說，浦島似乎也才發覺身體變得輕飄飄的。但也因為一再受龜的嘲弄，開始惱羞成怒，「我不會再相信任何事情了。因為我就是討厭冒險，因為即使被騙我也沒辦法看穿。因為只能聽嚮導說的話，你說是這樣，就只能是這樣。其實，冒險就只是騙人吧。還說有什麼琴音，我一點都沒有聽到啊！」浦島說出了這種遷怒的話。

龜非常冷靜，「因為您一直過著陸地上的平面生活，所以才覺得方向只有東西南北吧。但是在海裡，還有另外兩種方向，也就是上和下。從剛才開始，您就一直往前方找乙姬的寢宮，就是因為您存在著一個重大的謬誤。為什麼您不看看頭頂呢？為什麼不看看腳下呢？在海裡世界的萬物都是漂浮著的，剛才進來的正門也是，還有那個珍珠山也是，大家多多少少都在浮動著，只是因為您自己也在晃動，所以感覺不到其他的東西也在動。可能您從剛才就覺得已經向前走一大段了，不過，現在其實還在同樣的位置，因為潮流的關係，說不定反而還後退了。還有，像剛才看到的，在百潯左右的時候，大家一起往上方浮來。總之您就走過那個魚橋吧，您看，魚們不再背貼著背，慢慢開始散開了，走的時候請注意不要踩歪了。沒關係，就算踩歪了也不會掉下去，因為您也只有一張紙那麼重而已。也就是說，這個橋是個斷橋，即使走過了這個走廊，前方什麼也沒有。但是，請看看腳下。喂，你們這些魚，稍微讓開點，少爺要前去參見乙姬了。這些傢伙就是這樣做成龍宮城本丸的天守⑧的，浮簷映波如海月，只要這麼說，你們這些風流人就會很高興對吧。」

魚兒們靜默無言地往左右散開，從腳下傳來微弱的琴音，像是日本古琴的琴音，但是沒有那麼強烈，是比古琴還要更溫柔的琴音。不一會兒琴音結束了，留下嫋嫋餘韻。〈菊露〉？〈薄衣〉？〈夕空〉？〈砧〉？〈浮寢〉？〈雉子〉？⑨不對，都不對。即使是風流之士的浦島，聽見過去在陸地上從未聽過的事物，也露出了可憐無依的表情，還有彷彿感到曲高和寡的情懷。

「真是不可思議的曲子！這叫什麼曲？」

龜豎起耳朵聽了一下，

「聖諦。」一言以答之。

「ㄕㄥˋ ㄉㄧˋ？」

「神聖的聖，真諦的諦。」

「喔，聖諦。」浦島不自主地複誦，第一次感悟到龍宮生活的崇高，和自己的喜好完全是不同水準，原本自以為是的高尚感，在這裡也變得完全上不了檯面，之前龜說聽到自己自稱有傳統的教養、是正統風流之士等話會冒出冷汗，也就沒什麼好意外的了，自己的風流真的只是東施效顰而已，跟鄉巴佬沒什麼兩樣。

「從今以後你說什麼我都相信你。聖諦，原來如此啊。」浦島呆然站在原地，傾聽著不可思議的箏曲聖諦。

「來吧，從這裡跳下來，一點也不危險，像這樣張開兩手往前踏出一步，就會搖搖晃晃、舒服地落下。從這個魚橋盡頭直直往下，剛好會到達龍宮正殿前的階梯。您還在發什麼呆？要跳囉，好了嗎？」

龜搖搖晃晃地下沉了。浦島也作好心理準備，張開兩手，往魚橋外踏出一步，腳才剛踏出去，就覺得十分舒暢，咻地迅速被往下吸去，臉頰像微風吹撫一般感到涼爽，四周頓時漫著樹蔭般的綠色，正當覺得越來越接近琴音的時候，浦島已經和龜一起站在正殿的階梯前了。雖說是階梯，但並不是一階一階、段段分明的樣子，而是個用閃耀著灰色霧光的小珠子鋪成的緩坡。

「這也是珍珠嗎？」浦島小聲地問。

---

⑧ 本丸為日本古城中最大的建築，是君主辦公的地方，依照功能區分還有二之丸、三之丸……等等。天守為城內具象徵性的高聳塔形建築物，類似守衛塔、哨塔的功能。

⑨ 以上都是日本古典箏曲的曲名。

龜以憐憫的眼神看著浦島，「您看到什麼珠都說是珍珠。不是跟您說過，珍珠都被丟掉了，所以才會堆成那麼高的山嗎？您抓一把起來看看。」

浦島聽龜這麼說，就用兩手捧了一把小珠子起來，覺得冷冰冰的。

「啊，是冰霰！」

「別開玩笑了。難得有這個機會，您吃吃看。」

浦島很老實地照著龜的話做，吃了五六個冷得像冰一樣的小珠子，腮幫子都塞得鼓鼓的。

「真好吃。」

「對吧？這是海櫻桃。吃了這個的話，三百年都不會老。」

「是嗎，吃多少都一樣嗎？」自詡為風流之士的浦島已經忘記了剛才的窘境，一副還想繼續吃下去的樣子，「我啊，特別討厭老醜。死這件事沒什麼好可怕的，但唯獨老跟醜是不符我的愛好的。好，我要吃更多！」

「在笑了呢。您抬頭看看上面，乙姬大人出來迎接您了喔。啊，今天的乙姬又更漂亮了。」

在櫻桃坡的盡頭，一位身穿青色薄衣、身材嬌小的女性幽笑著，透過薄衣可以看見雪白的肌膚。浦島趕忙別開眼，小聲地問著，「那是乙姬嗎？」浦島的臉變得通紅。

「是啊，這還用問嗎。您張口結舌在做什麼，快去跟乙姬請安。」

浦島顯得越來越猶豫不定，「可是，要說什麼好呢？像我這樣的人，即使報上名號也無濟於事吧。我們的拜訪太唐突了，根本就沒有意義，回去吧。」擁有高級宿命的浦島，在乙姬面前卻顯得相當卑屈，甚至開始想逃跑。

「乙姬大人對於您的事都知道得一清二楚了喔。又不是階前萬里，快，做好心理準備，您只要恭敬地鞠躬行禮就行了。就算乙姬大人對您一無所知，但她是是一位毫無戒心、寬宏大量的人，不會有任何心機的。就說您是來玩的就可以了。」

「怎麼能說這麼失禮的話。啊，她在笑了。好吧，就先鞠躬吧。」

浦島行了一個相當慎重的禮，兩手都快要碰到腳尖了。

龜在一旁捏了把冷汗，「這也太慎重了。唉，真討厭。好歹您也是我的恩人，請您表現得更有威嚴一點嘛。有氣無力地行了一個最敬禮，簡直是不三不四。啊，乙姬大人在向我們招手了。走吧，來，挺起胸膛，要有像是日本第一好男人、最上流的風雅之士的表情，威風凜凜地走路。您在我們面前都一副相當高傲的態度，但面對女人卻很軟弱啊。」

「不不不，因為是高貴的人物，如果沒有盡到相應的禮節的話……」浦島緊張到聲音都破了，腳也不聽使喚，步履蹣跚地走上階梯。走上階梯後，看到一個約有萬疊榻榻米般大的宮殿，不，與其說是宮殿，說是庭園可能還比較適切。不知從哪兒射來樹蔭般的綠光，把這片萬疊榻榻米大的廣場照得像在霧裡一樣迷濛，地上也鋪著像冰霰一樣的小珠子，黑色的岩石四處散亂著。別說是屋頂，連一根柱子也沒有，眼見所及是一個幾乎可稱為廢墟的大廣場。仔細看才發現，在這些小珠的縫隙當中，有些紫色的小花從中生長出來，但反而增添了幾許孤寂感，也許這就是所謂幽邃的極致吧。能在這麼艱困無依的地方生活，真了不起啊。浦島不經意地發出感歎，然後又像是突然想起什麼來似的，偷看了乙姬的臉。

乙姬不發一語，靜靜地轉頭走去。這時浦島才發現，乙姬的背後跟著無數比稻田魚還小的金色小魚，啪噠啪噠地游著，乙姬走到哪裡，牠們就跟著移動，像是金色的雨連綿不絕地下在乙姬的身邊，散發無與倫比的貴氣。

乙姬身穿薄衣赤腳走著，再仔細看，那雙蒼白的小腳並未直接踩在那些小珠子上，腳底和小珠子之間還有些許空隙。或許那雙腳底到目前為止都還沒有踩過任何東西吧，乙姬的腳底一定和剛出生的嬰兒一樣柔嫩漂亮，身上也沒有任何閃耀奪目的飾品，但就是因為這樣，才更突顯出乙姬真正的氣質和優雅。「幸好來了龍宮。」浦島心中不知不覺生起對這次冒險的感激之情，跟在乙姬後頭走去。

「覺得如何？不錯吧。」龜在浦島耳邊低聲地說，鰭在浦島的腰上鑽呀鑽。

「啊，什麼，」浦島一臉狼狽，「這個花，這個紫色的花，真漂亮啊。」故意岔開話題。

「這個嗎，」龜覺得很無趣地說道：「這是海櫻桃的花，有點像紫丁香對吧。這是龍宮的酒，吃了花瓣之後，會覺得很舒服，像喝醉了一樣。另外，那個像岩石一樣的東西是海藻。因為經過了幾萬年，所以變得像石頭一樣，但其實它可是比羊羹還要柔軟的東西呢，比陸地上任何美食佳餚都還要好吃，而且每一塊的味道都不一樣。在龍宮的生活就是吃吃這些海藻佳餚，喝些花瓣美酒，喉嚨乾了的話就含顆櫻桃，醉心傾聽乙姬大人的琴音，或是看看小魚跳舞，彷彿像是有生命的花吹雪一樣。如何？我邀請您來時曾告訴過您龍宮是歌舞昇平、充滿美酒佳餚的國度，跟您想像的一樣嗎？」

浦島無法答話，只好苦笑。

「在你的想像裡，應該是有很熱鬧的祭典，鏗鏗鏘鏘，大盤子裡放著鯛魚生魚片或鮪魚生魚片，還有穿著紅色和服的女孩在跳著手舞，四處散落著金銀珊瑚、綾羅綢緞對吧？我都知道喔——」

「怎麼會，」浦島也露出一些不悅的表情，「我才不是那麼低俗的男子。雖然我認為自己是個孤獨的男子，但是來到這裡，見到真正孤獨的人以後，就不覺得我過去的生活是羞恥的了。」

「您是指那一位嗎？」龜小聲地說著，非常沒禮貌地抬起下巴指著乙姬，「她一點也不孤獨，她不在乎。因為有野心，才會被自己的孤獨所困擾。如果不在乎這個世界上的事情，自己一個人渡過千百年也輕鬆自在。但這是對那些不在意批評的人來說啦。對了，您到底要走去哪裡？」

「咦，什麼，沒有啊，」浦島對龜意外的提問有點驚訝，「可是，那位——」

「乙姬並沒有打算要幫您帶路，那位大人已經把您的事情都忘了喔，接下來她就要回自己的寢宮去了。請振作起來吧，這就是龍宮。也沒有什麼其他地方想帶您去了，您就在這裡隨意遊玩吧。還是您覺得這樣子還不夠？」

「不要再欺負我了。我到底該怎麼辦才好呢？」浦島像個孩子一樣，一副快哭出來的表情，「因為，那位大人出來迎接我，絕不是我自以為是什麼的，而且打過招呼之後接下來就跟在後頭走，也是應該的事啊。我不是覺得這樣子不夠，反倒是你，為什麼要用這種居心叵測的語氣對我說話？你心眼還真壞，會不會太過分了？我從出生到現在，還不曾遇過這麼丟臉的事，真是太過分了。」

「放這麼多感情可是不行的喔。乙姬是一位穩重大方的人，您是不遠千里從陸地上來訪的稀客，又是我的恩人，出來迎接您是理所當然的。而且您看起來又爽朗又有男子氣概，不不不，這是玩笑話，您看您，馬上又開始自戀起來了。總而言之，乙姬只是從她的寢宮走到階梯上，迎接來自己家的貴客，看到訪客後就覺得安心了，接著又好像默許您可以在這裡自由地玩幾天一樣，裝作不知道有訪客的樣子，走回她自己的寢宮。其實，我們也常常不知道乙姬在想什麼，因為她看起來總是很沉穩大方的樣子。」

「不，被你這麼一說，我就覺得我多少可以了解乙姬的想法了。不過你的推測大致上也沒什麼錯。也就是說，真正接待貴客的方法，說不定就是迎接客人，然後忘記客人。不在客人的身邊擺放美酒珍味這些多餘的東西，也沒有想要用歌舞樂曲來留住客人的意思，只有乙姬彈著並不是刻意要彈給誰聽的古琴，魚兒們也自由地嬉戲著，並不是刻意要跳給誰看。他們不仰賴客人的讚辭，客人們也沒有必要故意做出覺得感動的樣子，就算躺在地上不認真聽也沒關係，反正主人都已經忘記客人了，而且主人也已經同意客人在這裡自由行動了。想吃的時候吃，不想吃的時候就不吃，喝醉了分不清夢或現實之際，就聽聽古琴的琴音，一點也不會失禮。啊，接待客人就要像這樣，不是一直嘮叨地推薦無聊的料理，也不用一直重複無聊的客套話，明明就沒什麼好笑，也得故意喔呵呵地大笑，真是夠了！從頭到尾就只是對那些無聊話故作驚豔，從頭到尾都用謊言來社交，那些自以為用完美方式接待客人的白癡混帳們，真想讓他們看看龍宮這樣落落大方、不拘小節的待客方式。那些傢伙只關心著不要讓自己的地位、品味低落，所以都莫名地對客人保有戒心，總是獨來獨往，他們的誠意大概連指縫裡的污垢都比不上。即使只是一杯酒，也要說『來、請喝。那我就喝了』這種話，像是要留下什麼證據一樣，真受不了。」

「對，您說的沒錯，」龜顯得非常高興，「可是，難得這麼高興，要是一個不小心，心臟病發的話那就糟了。來，請坐在這個藻岩上喝點櫻桃酒吧。這個櫻桃的花瓣對第一次吃的人來說可能烈了點，而櫻桃的話，一次放五六粒在舌頭上，就會咻地一下融化，變成涼爽得剛剛好的酒。這只是其中一種喝法，還可以變化成很多種味道，請用您自己的方法，作出您喜歡的酒吧。」

此時浦島想要喝烈一點的酒。他拿起三片花瓣、兩粒櫻桃放入口中，馬上就在舌尖融成滿口美酒，光是含著就覺得有點微醺。美酒從喉頭輕快地流過，身體就像燈泡突然被點亮一樣，啪地一聲，充滿了愉快的心情。

「這東西真是好啊，簡直就是掃除憂鬱的掃帚。」

「憂鬱？」龜聽了後馬上問浦島，「您還有什麼憂鬱的事嗎？」

「沒、沒有，沒什麼，啊哈哈哈，」浦島打哈哈假笑，然後不自覺地小小嘆了一口氣，望向乙姬的背影。

乙姬一個人默默地走著，沐浴在淡綠色的光芒中，在潮浪中看起來就像搖搖晃晃的海草一樣。

「她要走去哪裡呢？」浦島小聲地問。

「寢宮吧。」龜很果斷地回答。

「你從剛剛開始就一直寢宮寢宮的說個不停，那個寢宮到底在哪裡？在這裡什麼都看不到啊。」

眼見所及是一個平坦的大廣場，甚至可以說是曠野，暗暗閃耀著鈍光，完全沒有稱得上是宮殿的房子。

「您往乙姬走去的方向看，一直看往遠處，有沒有看見什麼？」龜說。浦島便皺起眉頭往那個方向凝視。

「啊，你這麼一說，好像真的有什麼東西。」

大約在一里外，有個像是深幽潭底，朦朧煙霧繚繞的地方，那裡有一朵小小的、純白的水中花。

「就是那個嗎？還真是小啊。」

「乙姬一個人住，不需要很大的宮殿吧。」

「這麼說的話也沒錯啦，」浦島又吃了一些櫻桃調合作酒，「該怎麼說好呢，她一直都是這麼沉默寡言的嗎？」

「是的。話語這種東西，是因為對活著這件事感到不安才萌生出來的，就像從腐土中會長出紅色的毒菇，因為對生命的不安，才使話語發酵出來。雖說也有喜悅的話語，但那也是花了一番工夫才逼自己說出來的不是嗎？人啊，即使在喜悅之中，也會感到不安吧。人的言詞全都是琢磨過的，都只是裝模作樣而已。在沒有不安的地方，就不需要花那些討人厭的工夫了。我從來沒聽過乙姬開口說話，沉默的人常被說是皮裡陽秋對吧，在心中偷偷進行辛辣的觀察，乙姬是絕不會做這種事情的。她沒有心機，每天只是微笑地彈著古琴，偶爾在這個廣闊的大廳裡散散步，吃一點櫻桃的花瓣，是非常悠閒的。」

「這樣啊，這位大人也會喝這種櫻桃酒呢。這個東西真是太好了，只要有這個的話，就不需要其他的食物了。我能再喝一點嗎？」

「請便，來到龍宮還要裝客氣就顯得太愚蠢了。在這裡您所獲得的允許是無限的。要不要再吃點別的看看？您眼見所及的岩石也都是好吃的美食喔。您想吃油脂多一點的，還是帶點微微酸味的呢？這裡什麼口味都有喔。」

「啊，聽見琴音了。我可以躺在這嗎？」被無限允許的這種思想，在實際生活當中還是頭一遭。浦島忘了自己身為風雅之士該注意的一切言行，隨性地仰臥在地上，「啊啊，喝酒之後躺下來真舒服。接下來要吃點什麼好呢？有燒烤口味的藻嗎？」

「有的。」

「那……，有桑椹口味的藻嗎？」

「應該也有。不過，您倒也奇怪，都吃些野蠻的東西呢。」

「不小心暴露本性了，我是鄉下人啊。」不知不覺，就連說話的口氣都漸漸改變了，「這才是真正的風流的極致啊。」

抬頭仰望，在遙遠的上方有一群魚兒漂浮成天蓋，閃著青色的霞光。轉瞬之間，魚群從中往兩旁分開，各自亂舞著，讓反射在銀鱗上的光線如雪片般滿天散亂開來。

龍宮裡不分日夜，無論何時都像五月的早晨一樣舒爽，充滿著像樹蔭底下的柔和綠光，浦島完全不知道自己在這裡待了幾天，在這期間，浦島一樣獲得無限的允許，甚至連乙姬的寢宮也進去過了，乙姬沒有任何嫌惡的表情，只是一如往常淡淡地笑著。

終於，浦島感到有些膩了。也許是對做什麼事都得到允許這件事感到膩了，浦島開始想念起陸地上無趣的生活，彼此都在意他人的批評，有哭有笑，或是偷偷摸摸地生活著，最後竟覺得這樣可憐得無以復加的陸地生活也是很美的。

浦島向乙姬說了再見。這個突然的辭別也被乙姬無言的微笑給允許了。總之，不管做什麼都會被允許，自始至終都是被允許的。乙姬送浦島到龍宮的階梯，默默地拿出一顆閃耀著五彩光芒、兩瓣相合的貝。這就是裝有龍宮紀念品的寶箱。

上山容易下山難，浦島這次也是坐在龜的背上，緩緩從龍宮離開。浦島心中湧出了莫名的憂愁。啊，忘記向乙姬道謝了，這麼好的地方，是其他地方沒有的，真慶幸去過了那裡。但是，我是陸地上的人，無論在龍宮居住得如何舒適安樂，但始終還是離不開自己的家、自己的鄉里、自己覺得有歸屬感的地方。在龍宮喝了美酒醉倒後，夢見的還是故鄉。一想到就覺得很無力。我沒有資格待在那麼好的地方。

「啊啊，受不了了，好寂寞啊。」浦島突然自暴自棄地大叫起來，「我也不曉得為什麼會這樣子，但就是受不了了。喂，龜，你從剛剛開始就一直不說話，趁現在氣氛還很好的時候說幾句話吧，即使是說我的壞話也行。」

龜從一開始就只是默默滑動著雙鰭。

「你生氣了對吧？你覺得我離開龍宮就像是白吃白喝完逃走一樣，所以你生氣了，對不對？」

「您不要自以為是亂說，陸地上的人就是這點討厭。想回去就回去啊，我不是一開始就跟您說了很多次嗎，隨您高興，想怎麼樣就怎麼樣。」

「但是你看起來很沒精神的樣子。」
「剛才明明是您垂頭喪氣的。我不是講過嗎，要迎接可以，但是我不擅長送別。」
「上山容易下山難，對吧。」
「現在可不是搞笑的時候。不管怎麼說，送行這件事就是無法叫人開心起來。一直嘆著氣，故意要說些什麼的樣了，感覺我們好像在這裡就要道別了一樣。」
「果然，你也很寂寞嘛。」浦島笑著說，「這次我是認真的。受到你這麼多照顧，我鄭重地向你道謝。」
龜仍然不發一語，也沒有說「什麼嘛幹嘛說這種事」之類的話，只是稍微晃動了一下龜殼，繼續拼命地向前游。
「至於那一位大人，在那裡也是一個人自顧自地過著呢。」浦島憂鬱地嘆了口氣，「她送我這麼漂亮的貝，該不會也是可以吃的吧？」
龜忍俊不住，「您只在龍宮待一下子而已，就以為什麼東西都可以吃。這個是不能吃的。雖然我也不是很清楚，但這裡面好像裝著什麼東西。」此時，龜變得像伊甸園裡的那隻蛇，用勾起好奇心的微妙口吻對浦島說著。這是爬蟲類共通的宿命嗎?不,如果這樣妄下定論的話,就太對不起這隻善良的龜了。因為龜自己也對浦島發過豪語:「我不是伊甸園的蛇,我只是一隻日本的龜」,不相信牠的話就太可憐了。況且到目前為止,從龜對浦島的態度來看,絕對沒有像伊甸園的蛇那樣,邪惡奸佞,低聲說著恐怖又帶有毀滅性的誘惑。其實他就像五月高掛的鯉魚旗一樣,有口無心,說他是個可愛的詭辯家也不為過。因此,我想要這麼說,牠是完全沒有惡意的。龜繼續說:「不過,還是不要打開這個貝比較好。因為裡頭一定關著像龍宮的靈氣之類的東西,如果在陸地上打開,搞不好會冒出什麼奇怪的海市蜃樓讓您發瘋,或是引起海嘯造成大洪水之類的,這都不無可能。總之我覺得,把海底的氧氣帶到陸地上散放,一定會發生什麼怪事。」龜認真地說。

浦島完全相信了龜說的話。

「說的也是,如果這個貝裡真的關著那麼高貴的龍宮靈氣,那麼當它一接觸到陸地上俗惡的空氣,搞不好會引起大爆炸。我知道了,我會把它當作我們家的傳家寶來珍惜,好好地保管它。」

兩人已經浮出了海面,陽光刺眼眩目,可以看見故鄉的海濱了。浦島刻不容緩奔向家去,心想著回到家後,要把父母弟妹與所有下人都叫來,告訴他們關於龍宮的所有故事，告訴他們冒險就是擁有相信的能力，還要告訴他們這世間所謂的「風流」都只是小家子氣的依樣畫葫蘆，正統只是通俗的別稱，你們知道嗎？真正的高尚是聖諦的境界，不只是任何事都不放棄[10]，你們知道嗎？沒有煩嘈的批評，還得到了無上限的允許，就只是一個淺淺的微笑，你們知道嗎？還有把客人給忘記，你們不知道吧？就這樣在眾人面前把這些剛剛得到的新知識炫耀一番，我那個現實主義的弟弟一定會一臉疑惑，這時我再把從龍宮得到的漂亮紀念品在他鼻子前面晃一晃，他就啞口無言了。浦島這樣想著，甚至忘了和龜道別，就急急忙忙跳下龜甲，從岸邊奔向老家去。

怎麼變成這樣呢　原本的故土
怎麼變成這樣呢　原本的家鄉
放眼望去　只有荒土
沒有人影　也沒有路
只有風聲　呼嚕呼嚕

故事到此告一段落。後來，浦島迷了好久的路，最後才想到要打開龍宮的紀念品貝殼，關於這點，我想那隻龜是不用負什麼責任的。因為被人家說「不可以打開」，反而感到被誘惑，想打開看一下，這種所謂人性的弱點，不光是在浦島物語中出現，希臘神話中的潘朵拉之匣也描寫了同樣的心理。但是，潘朵拉之匣是因為眾神一開始就企圖要復仇，為了激發潘朵拉的好奇心，肯定潘朵拉以後一定會打開盒子，才故意設計潘朵拉，告訴她「不可以打開」。再回過頭來說，這隻善良的龜會這樣告訴浦島，完全是出自善意，那種完全沒有雜念的說法，是可以相信的。因為龜是老實善良的人，所以龜是沒有責任的，我始終這麼相信著，因此可以做出這樣的證言。但是，在這裡又出現了一個令人無法理解的問題。浦島打開了龍宮的紀念品，當中冒出白煙，使得浦島變成了三百歲的老爺爺，讓人不禁覺得「要是你不打開就好了」，變成這種結果真令人遺憾，一般流傳的「浦

⑩ 原文「あきらめ」的漢字為「諦め」，是放棄的意思。「聖諦」二字並沒有放棄的意思，太宰只是就「諦」這個字作雙關。

島先生」大都是到這個可憐的結局為止，關於這一點，我卻有個深深的疑問。難道那個龍宮紀念品寶箱也像潘朵拉之匣一樣，裝了許多人間的邪惡與災禍，有乙姬深深的復仇，或是個帶有懲罰意味的贈禮嗎？在乙姬不發一語，給予無限允許的微笑背後，其實是皮裡陽秋，內心冷峻殘酷，一點也不能容許浦島的任性放肆，所以才給了他帶有懲罰意味的貝殼？不，這麼說就太悲觀了。難道所謂的高貴之士，就是偶然作出這麼過分的嘲弄也完全無動於衷的人？所以就連高貴的乙姬，也天真地想對浦島惡作劇一番，開了他這麼惡劣的玩笑？無論如何，應是真正上流且高尚的乙姬，為什麼給了浦島一個如此惡意的紀念品，的確是個不可解的問題。雖然在潘朵拉之匣裡，有疾病、恐怖、怨恨、哀愁、疑惑、嫉妒、憤怒、憎惡、詛咒、焦慮、後悔、卑屈、貪慾、虛偽、怠惰、暴行這些不祥的妖魔，這些妖魔在潘朵拉打開盒子的同時，就如一大群飛蟻般齊飛而出，且無孔不入地蔓延在這世上，但是，當受到驚嚇而呆然佇立的潘朵拉絕望地垂頭時，偶然望向箱子的底部，卻在箱子底部的暗處發現了一個閃耀著星芒光輝的小寶石，寶石上頭竟然寫著「希望」二字，看到這個，潘朵拉蒼白的臉上也逐漸透出了血色。從此以後，人類不論如何被這些妖魔所帶來的苦痛侵襲，仍能依憑著「希望」得到勇氣，再艱難的處境都能夠忍受。和潘朵拉之匣比起來，龍宮的紀念品其實沒什麼了不起的，只有煙而已，然後，在一瞬間，把浦島變成三百歲的老爺爺。縱使在貝殼的底部也有一顆名為希望的星星，浦島也已經三百歲了。給三百歲的老爺爺一個希望，這簡直就是惡作劇，因為無論如何，都不可能有希望了。那麼，在箱子裡放個聖諦如何？但是對方已經三百歲了。事到如今才發現之前都沒有想到這件事，但人都已經變成三百歲了，也於事無補了。結果，哪一種方法都不行，都無法伸出援手啊。看來無論如何，都只能說浦島拿到了一個很糟糕的紀念品。但如果就此舉手投降，說不定連外國人都會說：「日本的傳統物語比希臘神話殘酷多了。」這的確會是一件令人遺憾的事。就以那令人懷念的龍宮名譽賭上一把吧，一定有辦法可以在這令人不解的紀念品中，找到什麼珍貴的意義。在龍宮的數日，其實等於陸上時間的數百年，如果說浦島從龍宮浮出海上的時候，就已經變成白髮蒼蒼的三百歲老人模樣，那還說得通，不刻意把這麼長的歲月做成紀念品讓浦島帶回去也是可以的。況且，如果是因為乙姬的恩澤，而打算讓浦島始終保持青年模樣的話，也沒有必要將這麼危險的「絕對不能打開」的物品交給浦島，隨便丟在龍宮的某個角落不就得了嗎？難道乙姬的意思是：「走的時候也把你自己遺留的糞便給帶走」，而把浦島的歲月交還給他？這樣的羞辱也未免太低俗，實在無法想像彈奏出聖諦樂曲的乙姬，會像住在長屋⑪裡的夫妻吵架一樣，做這種無聊的挑釁。關於這件事，我思考了非常久，無論如何都想不透。但某一天忽然開始覺得有些理解了。彷彿是時候到了，就會開始漸漸理解。

其實是我們認為「忽然變成三百歲的老人對浦島來說是一件不幸的事」這種先入為主的觀念誤導了我們。在繪本上也是，浦島變成三百歲之後的繪圖旁，也並沒有寫著「這真是一件不幸的事，令人遺憾」之類的文字。

一下子就 變成白髮的 老爺爺了

故事就到此結束。不論是感到遺憾，或覺得浦島愚蠢，種種結論都只是我們俗人的擅自妄斷。對浦島而言，變成三百歲，絕對不是件不幸的事。

在貝殼的底部，有一顆名叫「希望」的星星，浦島因而感到被救贖了。雖然這麼說帶有些許故意模仿的少女夢幻趣味，但還不如說浦島是被飄然上昇的煙霧本身給救贖了，貝殼的底部什麼東西也沒有比較好。

常言道：

年月，是人的救贖。

忘卻，是人的救贖。

龍宮的高規格款待，在這件紀念品上發揮到淋漓盡致，將故事帶到了最高潮。回憶不就是越久遠就越顯得美麗嗎？而且，一瞬之間過了三百年的光陰，也是浦島自己的選擇。故事到了這裡，浦島才算是真正得到了乙姬的無限允許。如果當時浦島並未感覺到孤單寂寞，可能就不會打開貝殼了，或許是因為感到十分絕望，已經別無他法，只能把最後的希望寄託在這個貝殼上，才會想要打開來看看。打開的瞬間，同時也忘卻了三百年的光陰，這樣的說明是不是比較好呢？日本的童話裡，其實有著如此深刻的慈悲。

在此之後的十年，浦島成了一位幸福的老人，快樂地生活著。

---

⑪ 江戶時期代表性的庶民住宅，各戶建築呈橫向並列。

嘮嘮噹噹山

〈喀嗤喀嗤山〉這個故事裡的少女，其實是一隻兔子，而在結局淚吞敗北的貍貓，其實是愛慕兔少女的醜男。我想這已經是顯而易見的事實了。這是一個發生在甲州，富士五湖之一的河口湖畔，相當於現今船津深山裡的一個故事。甲州人性情本來就比較粗暴，所以這個故事和其他的童話故事比較起來也粗暴了一點。首先，這個故事的開端就十分殘酷，把老婆婆煮成湯之類的，如此殘忍，一點也不好笑有趣。貍貓所做的事其實是無聊至極的惡作劇，但是到了描寫到緣廊下老婆婆的骨頭散落一地的段落時，實在是太過驚悚，作為兒童讀物，肯定會遭到禁止販售的命運。正因為如此，現在發行的〈喀嗤喀嗤山〉繪本，非常聰明地把故事改成貍貓弄傷了老婆婆之後就逃走，這樣既可以避免禁止販售的命運，看起來也十分合理。但改寫之後，兔子對這種不是太嚴重的惡作劇所採取的懲罰及態度則又顯得太執拗，並不是直接賞狸貓一拳這種乾脆的報仇，而是先把狸貓害得半死，再不斷折磨他，最後讓他坐上泥舟，噗嚕噗嚕溺死在水中。不論是哪一種復仇手段，都充滿了詭計，這和日本傳統武士道的做法大相徑庭。既然狸貓使出詐術騙了老婆婆，還做出把老婆婆煮成湯這種惡行，讓他受到如此殘虐的報應的確是罪有應得，但顧慮到可能會對童心造成的影響與被禁止販賣的可能，改成狸貓把老婆婆弄傷之後逃走，兔子給予各式各樣恥辱和痛苦的處罰，最後害狸貓溺死，多少也有些不當。這隻狸貓原本並無罪孽，只是悠閒地在山裡遊玩，被老爺爺抓到後，就面臨被煮成狸貓湯的絕境，在如此絕望的命運之前，他只好掙扎著殺出一條血路，使出窮途之策欺騙老婆婆才活了下來。想要把老婆婆煮成湯這種事的確是罪大惡極，但如果像現在這本繪本一樣，狸貓當時一定是拼死努力想逃走，才不小心把老婆婆抓傷了，這樣的掙扎可以被稱為正當防衛吧，如果真是這樣，那就算不上什麼令人髮指的嚴重罪行了。我家五歲女兒的器量就和父親一樣，頭腦也很不幸地和父親相似，有些奇怪的地方。當我在防空洞裡唸著這本〈喀嗤喀嗤山〉的繪本時，女兒竟意外地說出：「狸貓先生好可憐喔。」這樣的話。女兒所說的「好可憐喔」，應該只是她這年紀所能記住的詞彙之一而已，不論看到什麼都說「好可憐喔」，可以清楚透見其本意為藉此向母親撒嬌並得到稱讚，並沒有什麼好驚訝的，也可能是因為想起曾經被父親帶到附近的井之頭動物園，眺見在柵欄裡不停來回走動的一群狸貓，覺得牠們非常可愛，因此對出現在故事裡的狸貓特別同情。總之，我女兒的發言並不能算是同情者的言論，因為思想的依據太薄弱，同情的理由也太過模糊，完全沒有成為問題的價值。但我卻因為女兒無意的發言得到了某些暗示。雖然這個孩子什麼也不懂，只是因為記得這個詞彙而胡亂說出口，但是父親卻因此想到，原來如此，兔子的做法的確是太過分了點，在這麼小的孩子面前，還可以多少替兔子的做法掩飾一下，但如果是大一點的孩子、已經受武士道或其他堂堂正正的觀念教育而長大的孩子們，萬一他們已經不覺得兔子的懲罰是「骯髒的手段」的話，這可是個大問題，愚昧的父親一想及此不由得皺起了眉頭。

就像現在我手裡這本繪本一樣，狸貓只是單純地抓傷了老婆婆，就遭到兔子如此愚弄，先是背上被燒傷，燒傷的地方又被塗了辣椒，到最後結果還是被騙上泥舟而死導致如此悲慘命運，這樣的故事脈絡要是現在正在上國民學校的孩子們讀了，一定馬上就會產生懷疑，而且就算狸貓真的做了將老婆婆煮成湯這種罪惡至極的行為，為何兔子不堂堂正正報上自己的名號，舉起太刀，給予他嚴懲呢？因為大家都認為兔子弱小，所以在這種情況之下也無從辯解。報仇就必須要有十足的正當性才行，神是正義的一方，這種時候應該是大喊「即使我無法親手辦到，你也會遭天譴的！」一面從敵手的正面攻擊才對。如果和對方的實力相差實在太大，也應該要臥薪嘗膽，縱使是登上鞍馬山[①]也要專心進行劍術的修行，以前日本的許多偉人，大多都做過這樣的事。不管碰上什麼困難，使用詭計殺死對方這種報仇的故事，在日本從來都沒聽說過，只有這個〈喀嗤喀嗤山〉用這樣的方式報仇，手法實在不夠漂亮。總之，不論是大人還是小孩，只要是崇尚正義的人都會覺得這樣的行為一點也不男子漢而感到不快吧。

請各位安心，關於這一點我已經想清楚了。接下來各位就會了解，兔子的行為一點也不男子漢，是件理所當然的事。兔子其實是一位十六歲的處女，雖然現

---

① 日本京都鞍馬山是現今著名的能量景點，日本人喜愛前往這些熱門能量景點吸取靈氣，以增進身心強健或提升運氣。

在還完全沒有半點成熟女人的豔媚，但已經算得上是個美人了。話說回來，人世間殘酷的人大都是女性。在希臘神話當中出現非常多位美麗的女神，除了維納斯之外，就屬亞緹米絲②這位處女神最有魅力。如各位所知，亞緹米絲是月之女神，額頭的新月閃耀著亮青色光芒，個性剛烈果決，也是瞬間就把阿波羅變成女人的女神。凡間兇惡的猛獸都會到女神的家裡來，雖然這麼說，但這位女神並未給人粗魯地站在大岩石上呼喚萬獸的印象，她嬌小纖瘦，手腳都非常可愛，有著令人懼怕的美貌，卻又不像維納斯那樣充滿成熟的女人味，所以乳房也是小小的。對待不喜歡的人則是出乎意料地冷靜且殘酷，例如她曾在河中洗澡時，發現窺見自己沐浴的男子，就將河水往男子身上潑，把男子變成了一頭鹿。只是不小心讓人瞥見了一眼自己沐浴的樣子就這麼生氣，如果被人牽了手，不知道會做出多麼嚴厲的報復。要是愛上這樣的女子，男人必然會受到非常慘烈的羞辱。可是越是愚鈍的男人，就越容易愛上這種女子，結果當然也不必多說。

如果各位讀者還有些懷疑，那麼，就看看那隻可憐的狸貓吧。狸貓其實一直暗戀著那隻亞緹米絲型的兔少女。既然在這個故事裡，兔子被設定為亞緹米絲型的少女，那麼當狸貓只是把老婆婆給不小心抓傷，就以一點都不男子漢的壞心手段給他嚴重的懲罰，也是理所當然的了，雖然為狸貓的遭遇嘆息，卻也不得不認為合情合理。既然狸貓是個愛上了亞緹米絲型少女的男子，他在狸貓群中必定絲毫不出風頭，每天只會大吃大喝，愚蠢地活著，這樣的人之後會有如此悲慘的後果，也是可以想見的。

狸貓在被老爺爺捉到，差點被做成狸貓湯的千鈞一髮之際，還想要再見兔少女一面，因而拼命掙扎，好不容易成功逃回到山裡，嘴裡一邊念念有詞，一邊尋找兔少女的蹤影。走著走著，終於發現了兔少女。

「我好不容易撿回了一條命啊！我趁著老爺爺外出的時候，嘿——地揮了老婆婆一拳，好不容易才逃出來，我真是個幸運的男人啊。替我高興吧！」狸貓一

② 亞緹米絲（Artemis），宙斯之女，是太陽神阿波羅的孿生姐妹，也是希臘神話中的處女神，以帶著弓箭的女獵人形象著稱，負責掌管狩獵、月亮與婦女的生育。本故事中，那位被亞緹米絲女神處罰的男子，便是獵人阿克提安（Actaeon），獵人被變成鹿之後，隨即遭受自己飼養的獵犬群攻擊而喪命。

臉得意，講起這次大難不死的精彩故事，口沫橫飛。

兔子蹦地往旁邊跳開，閃避狸貓的口沫，一臉不以為意的表情聽著狸貓說的話，「我幹嘛要替你高興啊。你這樣真的很髒耶，口水到處亂噴。而且你難道不知道老爺爺和老婆婆是我的好朋友嗎？」

「是嗎，」狸貓一臉愕然，「我不知道，請原諒我吧。要是我早知道的話，管他是狸貓湯還是什麼湯，都讓他給煮了呀。」狸貓頓時變得既沮喪又無力。

「現在說這些都已經太遲了。我偶爾會到他們家的院子裡玩，他們會拿好吃的嫩豆子請我吃，你不是都知道的嗎？還敢說這種謊，太過分了。你就是我的敵人！」兔子做出嚴正宣告的同時，也已經暗自下定決心，要對狸貓展開復仇了。處女的怒火是很猛烈的，對醜惡又愚鈍的人更是無法容赦。

「請原諒我吧！我是真的不知道，沒有騙妳，請妳相信我！」狸貓不得已用低下的語氣拜託她，還伸長了脖子向她低頭，此時，一旁的樹上突然落下一枚果實，狸貓倏地將果實撿起，還一邊環顧四周，看看還有沒有其他果實，「真的是，被妳罵成這樣，真的好想死啊。」

「你在說什麼啊，而且你不要滿腦子都只想著吃好不好。」兔子十分輕蔑的樣子，哼的一聲抬高下巴，撇頭往旁邊看去一邊說道，「你又好色又貪吃，沒人比你更糟糕了。」

「請妳看清楚，我是真的肚子餓了。」一邊說，一邊繼續搜索著四周，「真想讓妳了解此刻我內心的痛苦。」

「我警告你，不准靠近我，你很臭耶，去那邊啦，離我遠一點。你平常都吃蜥蜴對吧，我都聽說了，真是可笑啊，你應該連大便都吃吧。」

「怎麼會呢，」狸貓苦笑著，卻又無法否認，語氣變得更加軟弱，只能繼續歪著嘴說，「怎麼會呢。」

「想裝得有氣質也是不可能的，你身上的味道，就只有一個臭字可以形容。」兔子面不改色地嚴厲批評著狸貓，突然想到了什麼有趣的事，於是眼睛一亮，面帶微笑地轉向狸貓，「那麼，只有這一次喔，這次就原諒你。雖然我剛才叫你不准靠近我，但你可別以為我這樣就會放過你。擦一下你的口水吧，下巴都濕了。冷靜下來聽我說，這次給你特別優待是有條件的。那位老爺爺現在一定非常傷心，傷心得連上山砍柴的力氣都沒有了，所以我們就代替老爺爺上山砍柴吧。」

「我們？妳也一起去嗎？」狸貓混濁的小眼睛裡燃起了一絲歡喜。

「你不願意？」

「怎麼會不願意呢，我們現在就趕快出發吧。」因為太過興奮，貍貓說話的聲音都破了。

「明天去吧，明天一早。你今天已經很累了，而且肚子又這麼餓。」兔子用異常溫柔的語氣說。

「太感謝妳了！我明天會做很多便當帶去，一定會盡全力砍十捆柴送到老爺爺家。這樣妳就一定會原諒我了，就會願意和我當好朋友吧。」

「你還真是囉哩叭唆呢。那就看你明天的成績如何囉，說不定我真的會願意和你當好朋友。」

「嘿嘿嘿，」貍貓露出了詭異的笑容，「我真討厭我這張嘴，給妳添麻煩了，我真是個混蛋。我、我真是，」說著說著，有一隻大蜘蛛往這裡走來，貍貓看見了，啪地一聲張口把蜘蛛吞下，「妳願意跟我一起去，我實在是太高興，都要流下男兒淚了。」說著，一邊吸鼻假哭。

夏天的早晨是十分沁涼舒爽的。河口湖的湖面被晨霧覆蓋，眼前所見盡是白色的煙波繚繞。狸貓和兔子全身沾滿了朝露，在山頂奮力地砍柴。

看看狸貓砍柴的樣子，哪裡是盡全力，根本就是發了瘋似的，嘴裡亂唸著唔喔、唔喔之類無意義的詞，拿著斧頭大力揮舞著，有時候又發出啊嗟嗟嗟的吼聲，為了要讓兔子看到自己奮力砍柴的樣子，費盡苦心地表演著。過了一會兒，狸貓露出一副累得快死掉了的表情，把斧頭丟在一旁說：「妳看，我的手掌起了這麼大的水泡，手都發麻了，喉嚨好乾，肚子也好餓。這真是重度勞動啊。要不要休息一下，我把便當打開吧，呵呵呵。」狸貓為隱藏自己羞怯的情緒而露出奇怪的笑容，打開和石油罐差不多大小的便當盒，把鼻子伸了進去，咕嚕咕嚕、卡滋卡滋、啪嗟啪嗟，發出各種噪音，「盡全力」吃著便當。兔子看得目瞪口呆，停下砍柴的手，往便當盒裡瞄了一眼，「啊！」地暗叫了一聲，然後用雙手摀住了臉。雖然不知道便當盒裡到底裝了什麼，但肯定是非常不得了的東西。兔子雖然疑惑，卻沒有像平常那樣侮辱狸貓，從剛才開始就一直沈默不語，偶爾在嘴邊浮出一絲技術性的微笑，認真地砍柴，對於狸貓所做出的種種得意忘形的舉動，也都裝作沒看見。雖然往盒裡看的時候嚇了一跳，但仍然沒說半句話，縮著肩繼續砍柴。狸貓也發現兔子今天對待他的態度異常寬大，不禁高興了起來，心想：那傢伙是迷上我帥氣的砍柴姿勢了吧，我的男子氣概啊，沒有女人不為之傾倒的。啊，吃飽了就想睡覺，那麼就睡一下吧。於是，狸貓就這樣自顧自地睡著了，還發出非常大的鼾聲。後來好像還夢到了什麼不正經的事，說了一堆聽不太懂的夢話，什麼用媚藥啦、這可不行、沒效果之類的。等到醒來時，已經接近中午了。

「你睡得可真久。」兔子還是用很溫柔的語氣說：「我已經砍了一捆柴，現在就揹去老爺爺家的院子裡放。」

「好，就這麼辦吧。」狸貓打了一個大大的哈欠，抓了抓手臂，「肚子好餓。肚子這麼餓就沒辦法睡了，我對這種事可是很敏感的。」狸貓用一副理所當然的表情說著：「那我也趕快把砍下的柴都收集起來，準備下山吧。便當也已經空了，趕快把工作結束，然後去找食物吃。」

兩人揹起各自砍下的柴捆，準備回去。

「你走前面吧，這附近經常有蛇出沒，我怕蛇。」

「蛇？蛇有什麼好怕的，要是被我看到了我就把牠捉起來吃掉。」狸貓本來想要這麼說的，但卻又趕緊改口，「我就把牠捉起來殺掉。吶，妳就跟在我後頭走吧。」

「這種時候果然還是男人可靠呀。」

「妳就別再誇我了，」狸貓露出得意的輕笑，「不過，妳該不會是在耍我吧？妳今天實在很奇怪。難道妳要把我帶到老爺爺那裡去做成狸貓湯？啊哈哈哈，又扯到這件事了，真是抱歉啊。」

「真是的，竟然這樣懷疑我，算了，我自己去就好。」

「不是的，我不是那個意思，還是一起去吧。其實在這世上，我根本沒有害怕的東西，唯獨那個老爺爺。說要把我做成狸貓湯什麼的，真討厭，這話實在很低級，很沒有品味呢。我把柴揹到老爺爺家院子前的朴樹下就好，再麻煩妳搬進去了。要是見到老爺爺的臉，我多少會覺得不太愉快。咦，那是什麼？有奇怪的聲音耶。妳沒聽到嗎？有點像是喀嗤、喀嗤的聲音。」

「那是當然的，因為這裡叫做喀嗤喀嗤山呀。」

「喀嗤喀嗤山？」

「你不知道嗎？」

「不知道。我今天才知道這座山叫這個名字。可是這名字聽起來真怪，妳沒騙我吧？」

「唉唷，每座山不是都有自己的名字嗎？那個叫富士山，那個叫長尾山，那個叫大室山，而這座山的名字就叫做喀嗤喀嗤山。喂，你聽，可以聽見喀嗤喀嗤的聲音呢。」

「嗯，聽到了。可是還是很奇怪耶，我從來沒有在這座山裡聽過這樣的聲音，我已經在這活了三十幾年了，這種事──」

「什麼！你已經三十幾了嗎！你上次跟我說你才十七歲，太過分了吧！我當時就覺得你不可能只有十七歲，明明臉已經有點皺了，背也有點駝了，但沒想到你竟然謊報了二十幾歲。這麼說來你應該接近四十歲了吧！算是快四十的人了！」

「不，我十七歲啦，十七歲沒錯。我走路駝背絕對不是因為上了年紀的關係，而是因為肚子餓，所以自然就變成這種姿勢了。我說三十幾年，那、那是在說我哥啦，我哥老是把三十幾年掛在嘴邊當口頭禪，所以我也不小心，無意間就脫口而出，有點被他傳染了。只是因為這樣啦，懂了嗎妳。」因為太過慌張，不小心用了「懂了嗎妳」這種稍嫌不客氣的語句。

「這樣啊，」兔子冷靜地說，「可是，你有哥哥這件事，我也是第一次聽說呢，因為你以前老是對我說，『我好孤獨、好寂寞，我沒有父母也沒有兄弟姐妹，這種孤獨寂寞，妳是不會懂的』，為什麼要這樣對我說呢？」

「這、這個，」貍貓也不知道自己在說什麼了，「這世上很多事情都是很複雜的，不能一言以蔽之。所以，可以說我是有哥哥的，也可以說我是沒有哥哥的。」

「什麼嘛，毫無意義啊。」兔子一臉惘然，「胡說八道。」

「嗯，其實，我有一個哥哥。這實在是難以啟齒，因為他是個整天只會喝酒、沒出息的傢伙，讓我顏面盡失，非常丟臉。出生以來這三十幾年……，噢不，是我哥哥，我哥哥出生這三十幾年來，造成我很大的困擾。」

「這麼說來也很奇怪，你才十七歲，怎麼會被困擾了三十幾年呢？」

貍貓已經豁出去了，直接裝作沒聽到，「總之這世上有很多無法一言以蔽之的事，所以現在我已經當做沒這個哥哥，跟他斷絕關係了。咦，奇怪了，有點臭臭的耶，妳沒聞到嗎？」

「沒有。」

「這樣啊，」貍貓平時都吃一些臭臭的東西，所以對自己的嗅覺沒什麼自信，「是我的錯覺嗎？不對不對，好像是火在燃燒才會有的那種啪滋啪滋、啵啵啵的聲音。」

「那是當然的啊，因為這裡是啪漆啪漆啵啵山嘛。」
「妳說謊，剛才妳才說這裡是喀嗤喀嗤山的。」
「是這樣的，即使是同一座山，也會因為地點的不同而有不一樣的名字，像富士山的山腰有一座叫小富士的山，還有大室山、長尾山等等，其實都是和富士山連接在一起的，你不知道嗎？」
「嗯，我還真不知道這裡叫啪漆啪漆啵啵山，我這三十幾年來……不，是依照我哥的說法，這裡只是後山而已。不對，我慢慢開始覺得熱起來了，該不會是要發生地震了吧，今天真的不太對勁，覺得做什麼事都不順。啊，這，好燙啊！呀！燙燙燙燙燙，好——燙！救救我啊！柴燒起來啦！好燙燙燙燙燙啊！」
隔天，狸貓蜷縮在自己的巢穴深處，喃喃唸著：
「好難受啊，我是不是已經死了呢？仔細想想，世上應該沒有像我如此不幸的男人了吧。因為我長得比其他男人帥氣，害得女人們反而不敢靠近我。說到底，看起來很帥的男人就是輸家，她們說不定還以為我不愛女人呢。我是喜愛女色的，女人們卻反而以為我是崇高的理想主義者，不對我動心。既然這樣，那我乾脆去街上亂跑亂叫好了，大叫「我是喜歡女人的」！啊，好痛，好痛，這個火傷真是雪上加霜，傷口還不停抽痛。本來以為終於逃過被煮成貍貓湯的危機，卻又踏入了莫名其妙的啵啵山。真是個無聊的名字，只是因為柴在啵啵啵地燒著所以才……真過分啊，這三十幾年來，」說到這時貍貓突然停住，環顧了四周一會兒，才繼續說下去，「說實在的，我今年已經三十七啦，嘿嘿，再過三年就四十歲了，這是大家都知道的事，理所當然的事，明眼人一看就知道了。啊痛痛痛痛，即使如此，我從出生以來到現在的三十七年間，在這後山長大，也在這玩耍，從來沒碰過這種奇怪的事，什麼喀嗤喀嗤山，啵啵山的，光聽名字就很奇怪了，唉呀，還真是不可思議。」貍貓一邊敲打著自己的頭，一邊思索著。

這個時候，貍貓聽見外頭有行商人的叫賣聲。

「有沒有燒傷、刀傷、皮膚黯沈的客人啊？要不要試試仙金膏呢？」

比起燒傷和刀傷，貍貓更在意的反而是皮膚黯沈，於是立刻出聲叫住商人。

「喂，賣仙金膏的。」

「是，請問是哪位需要呢？」

「我在這，在洞穴裡頭。這對黯沈很有效是嗎？」

「是的，只要一天，立即見效！」

「呵呵，」狸貓聽了非常高興，便跪著爬出洞穴外頭，「啊！妳，妳是兔子！」

「不，我不是兔子，我是賣藥的男子，我這三十幾年來都在這一帶四處來回賣藥。」

「唉，」狸貓嘆了一口氣，歪著脖子，「這世上也有人是長得像兔子的吧，我這三十幾年來……唉，算了，歲月的話題就到此為止，一點也不有趣，你一定會覺得我很煩的。總之，就是這樣子啦。」狸貓就這樣亂說一通，把話題帶過，「對了，你可以給我一點那個藥嗎？我剛好為此困擾。」

「天啊，好嚴重的燒傷，這可不行，如果再這樣放置不管的話，你會死的。」

「不，我已經決心赴死，這點燒傷就不管了。比起這個，我、我現在的容貌——」

「您在說什麼呀，現在可是生死危急之際啊。背上的燒傷是最嚴重的，這到底是怎麼一回事？」

「這個啊，」狸貓歪著嘴，小聲地說，「我踏進了一座名字莫名其妙的啪漆啪漆啵啵山，然後就變成這樣了，我自己也嚇了一大跳。」

兔子聽了，忍不住笑了出來。狸貓不知道兔子為什麼笑，但也跟著哈哈地笑了。

「真是的，就別再提這蠢事了，我要給你個忠告，那座山千萬不能去。一開始叫做喀嗤喀嗤山，到後面會變成啪漆啪漆啵啵山，去了就會發生很慘的事情。那一帶可說是禁區，要是不小心走進啪漆啪漆啵啵山，就等於死路一條啊。啊好痛好痛好痛。聽清楚了嗎，這可是我給你的忠告，你還年輕，要聽我這個老頭的話，啊，其實我也還算不上是老頭啦，總之絕不能把這些話當耳邊風，就把我看成你的朋友，尊重我的勸告吧。啊痛痛痛痛。」

「謝謝你，我會小心的。為了感謝您給我如此深切的忠告，藥錢我就不收了。我先幫您塗在背上燒傷的地方吧，今天碰巧來到這裡真是太好了，不然您可能已經沒命了呢。一定是冥冥之中有什麼在牽引著我，這就是緣分吧。」

「說不定就是有緣呢。」狸貓低語著，「既然是免費的，那就麻煩你幫我塗上吧。剛好我這陣子手頭也很緊，沒辦法，因為愛上了一個女人，不得不花錢。你可以先滴一滴藥在我的手掌上讓我看看嗎？」

「您要做什麼呢？」兔子露出不安的表情。

「啊，沒什麼，想看看這藥是什麼顏色的而已。」

「顏色和其他的膏藥沒什麼不同，就像這樣。」兔子滴了一小滴在狸貓的手掌上，狸貓不加思索地就往臉上塗，兔子嚇了一跳，這樣肯定會露出馬腳，狸貓就會知道那個膏藥的真面目了，趕緊擋住狸貓的手，「啊，不可以！這個藥對臉部太刺激了，不能塗在臉上！」

「不，你放手！」狸貓一副不顧一切、完全豁出去了的樣子，「你比我小，算是我的晚輩，你不會懂的，你不會明白我出生這三十幾年以來，因為皮膚黯沈吃了多少苦頭。放開，你放手！既然你是晚輩，就應該放手讓我塗。」

狸貓一腳把兔子踢飛，將大量膏藥塗在眼睛四周，「我覺得自己的五官不算醜，但因為黯沈，使我一直很自卑。不過現在已經不要緊了，馬上就可以治好了。哇！這個藥太刺激了！好強的藥，可是如果藥效不猛烈的話，也治不好我的黯沈吧。哇啊，好痛！不過我還可以忍耐。混帳，下次她遇到我的時候，一定會盯著我的臉看到入迷，呵呵呵，要是她就這麼迷戀上我的話我可不負責。啊啊啊好刺痛啊，這個藥果然很有效，既然這樣，整個身體都幫我塗滿吧，就算痛死也沒關係，如果可以變白，我死也無憾了。來，不要客氣，一股作氣地塗滿吧！」

真是悲壯的一幕。但是，美麗又高傲的處女簡直像惡魔一樣，殘酷得無以復加。兔子相當平靜地站起身來，冷靜地在貍貓背上塗抹大量的辣椒，貍貓馬上就痛得歪曲身體，「唔，我沒事，我沒事。這個藥的確很有效啊，哇啊，可是好強烈啊，給我水！這裡該不會是地獄吧？可是我完全沒有掉到地獄的印象啊！我沒有惡意，只是為了不要被作成貍貓湯，才不小心弄傷了老婆婆。這三十幾年來，因為膚色黯沈，一次也沒玩過女人，頂多只是因為討口飯吃，而做過一些丟臉的事。我是一個好人，但卻沒有人懂我，我好孤獨，而且五官長得也不壞啊！」貍貓像是在苦苦哀求誰似的，發了一大堆牢騷，然後就昏倒了。

故事雖已發展到這裡，但貍貓的不幸仍未結束，就連身為作者的我，都邊寫邊嘆氣。縱觀日本歷史，恐怕也找不到這麼悲慘的主角了。貍貓逃過被做成貍貓湯的命運，還沒時間高興，就莫名其妙在啪漆啪漆啵啵山被燒傷，在巢穴裡來回踱步、悲鳴著的時候，背上又被塗了一大堆辣椒，痛得昏了過去。接下來，終於到了被騙上泥舟，沈到河口湖底的段落。其實這沒有什麼太深切的意義，單純只是一種女禍而已，但即使是女禍，這樣的手段也太粗糙了，沒有半點正當的理由，一點也不高尚。貍貓在巢穴裡蝸居了三天，不知道自己到底是死了還是活著，彷彿在幽冥之境一般，到了第四天，猛烈的飢餓感襲來，只好拄著拐杖，慢慢爬出洞穴，一邊喃喃自語一邊尋找食物。貍貓的姿態無比哀傷，但是畢竟本性使然，過了十天，貍貓的身子完全恢復了，食慾和以前一樣旺盛，色心也慢慢地跑出來，完全不記得之前所受的教訓，又閒晃到兔子的住處。

「我又來找妳玩囉，呵呵。」貍貓說著，露出害羞的表情笑了，笑得非常詭異。

「哎呀！」兔子直截了當地露出厭惡的神情，彷彿在說著「怎麼又是你？」，

嗯，我想應該還要再過分一點，大概像是「真受不了，瘟神又來了！」這樣吧。

不對，應該是比這更過分的表情，「髒死了！臭死了！去死吧你！」總之，此時的兔子露出了這種極度嫌惡的表情，而且還表現得十分明顯。但是，所謂的不速之客，就是對主人家的憎惡毫無察覺的人。這真是不可思議的心理，讀者們也要特別注意才是。如果去拜訪別人時，心裡抱著「真麻煩，那一家人很無聊，真不想去」之類的想法，不情願地出門，被訪的那戶人家總是會出乎意料地歡迎客人意外的來訪。相反的，如果抱持期待的心情去拜訪人家，覺得「那家的氣氛真好，就跟自己家一樣」，甚至認為別人家比自己家舒適、簡直是吾人唯一的避風港等

等，這樣一定會給對方造成麻煩，也把自己惹得一身腥，或陷入恐慌，甚至可能會看見主人將掃把立在玄關口[③]。把別人家當成自己的休閒場所，並有所期待，這正是愚者的證據，這種人總會誤以為對方會為自己的意外來訪感到驚喜。這並不是關係親密與否的問題，就算是自己的親戚，也不能這樣鹵莽地前往拜訪。而悖於作者忠告的，正是那隻貍貓，他明顯地犯了恐怖的錯誤。兔子所說的那句哎呀，還有兔子之後露出的嫌惡表情，貍貓都沒有察覺，只是把那句哎呀當成訝異他來訪的語助詞，反而還感到相當喜悅，因為處女天真的聲音，令他更加高興，就連兔子皺眉的表情，貍貓也理所當然把它當成兔子對他日前在啪漆啪漆啵啵山受到的苦難而感到十分心痛的表現。

「啊，謝謝妳。」對方明明沒有任何想要探病或安慰的意思，貍貓還是自顧自地向兔子道謝，「不要擔心，我已經沒事了。神明一直眷顧著我，我一向運氣很好，那座啵啵山根本就只是河童的屁[④]而已。河童肉看起來很好吃，而且我本來

③ 在日本習俗中，傳說將掃把持柄朝下倒立在玄關口，可以讓賴著不走的客人離開。

④ 「河童的屁」在日文裡的意思是小事、不算什麼的意思，後文用河童玩雙關語玩笑。

就想趁那次機會吃一次河童肉看看。開玩笑的。不過，那時候我真是嚇了一跳呢，而且火勢似乎相當大，妳後來怎麼樣了？看起來沒有受傷的樣子，能從那種大火中順利逃出來真是太好了。」

「並不順利喔。」兔子斜眼看著狸貓，「你很過分耶，竟然把我一個人丟在那樣的大火之中逃走。我被煙給嗆到，差點就死了。我討厭你！果然在那種時候，你就露出本性了，你所謂的真心，我已經看透了！」

「抱歉，饒了我吧，其實我也受了很嚴重的燒傷啊，我想是因為那時候沒有任何神明眷顧我，所以才會那麼慘。當時我絕對沒有忘記妳，但我的背實在是太燙了，我連去找妳幫忙的時間都沒有。妳能了解我的意思嗎？我絕對不是不老實的男人，我的燒傷也是貨真價實的啊。然後，那個叫仙金膏還是疝氣膏的東西，真的不能擦。呃，就是一種藥性很強的藥，而且到頭來，我的黯沈跟燒傷都沒被治好。」

「黯沈？」

「呃，不、不是，我是說那個藥很黏稠、顏色很暗沈啦，那個藥性可強了。有一個長得跟妳很像，矮矮小小的奇怪傢伙說不收我的藥錢，我覺得不擦白不擦，就讓他塗了，妳也要小心，像這種免錢的藥，千萬不可大意，我擦了之後，頭腦就像被捲進小龍捲風裡一樣，覺得天旋地轉，不停地往上升，然後就昏倒了。」

「哼，」兔子輕蔑地說，「這是你自作自受，是對你小氣的懲罰吧。因為是不用錢的藥，所以才想試試看，這麼無恥的事，你竟然能講得這麼理直氣壯，有沒有羞恥心啊。」

「妳說得太過分了啦。」狸貓低聲說著，但即使這樣，狸貓也完全沒有感受到兔子的嫌惡，因為待在喜歡的人身旁，被幸福感團團包圍，反而覺得十分溫暖，後來更不客氣地彎下腰，用他死魚般混濁的雙眼邊巡視四周，邊撿小蟲來吃，一邊吃還一邊說：「不過，我是個運氣很好的男人，無論遇到什麼事，我都不會死。一定是因為有神眷顧著我，所以讓妳毫髮無傷地逃離火場，我也順利從燒傷中恢復，兩個人又能像這樣悠閒地聊天，啊，就像做夢一樣。」

兔子從一開始，就暗自祈禱狸貓能趕快回去，她對狸貓的厭惡已經無法衡量了，得趕快讓狸貓離開自己家附近才行，因此，她又想出了惡魔的一計。

「喂，你知道這兒的河口湖裡有好吃的鯉魚嗎？」

「我不知道，真的嗎？」狸貓眼中馬上眼睛一亮，「三歲的時候，我媽曾經抓了一條鯉魚給我吃，那真是人間美味。我雖然不算是笨手笨腳，絕對不是因為我笨手笨腳喔，但卻老是抓不到像鯉魚這種水中動物，只能一直想著那條好吃的鯉魚，從那之後三十幾年來，啊、不，哈哈，我變得跟哥哥一樣愛講這句口頭禪了。我哥也很喜歡吃鯉魚。」

「這樣啊，」兔子假裝很興奮的樣子，「雖然我沒有那麼想吃，但既然你這麼喜歡，我可以陪你一起去捕鯉魚喔。」

「真的嗎？不過，鯉魚跑得很快，我有一次差點就要變成土左衛門了[5]。」狸貓打從心底高興起來，還不自覺說出自己過去的糗態，「不知道妳有什麼好方法？」

「用網子撈的話就容易多了。這個時期在鸕鶿島的岸邊有很多大鯉魚的魚群，我們一起去吧。你會划船嗎？」

「嗯，」狸貓低聲地嘆了一口氣，「要划的話也不是不會啦。沒關係，別擔心這個。」狸貓向兔子吹噓著，連自己都感到心虛。

「你會划？」兔子明知狸貓的大其詞，還是裝做信任他的樣子，「那正好，我有一艘小船，但沒辦法坐兩個人，那只是我用薄木板隨便做的木舟，如果水滲進去就危險了。我是沒什麼關係，但要是你有個萬一的話，那可不行。所以，我們兩個就一起合力來做一艘你的船吧。木板做的太危險了，我們就加一點泥巴，做一艘更牢固的船吧。」

「不好意思，我太感動了，都快哭了。妳就讓我哭吧。我為什麼這麼愛哭呢？」狸貓說著，一邊假哭起來，「可以拜託妳一個人幫我做一艘堅固的船嗎，拜託妳了。」狸貓用非常想要逃避的語氣接著說：「我會很感謝妳的，在妳幫我做船的同時，我就來幫妳做便當吧，說到煮飯，我可是很厲害的。」

「說的也是。」兔子故作爽快地答應了狸貓擅自提出的建議。狸貓成功避開了做船這件事，心想：世界上怎麼會有這麼天真的傢伙呢？然後高興地笑了。就在這個瞬間，決定了狸貓接下來悲慘的命運。如果不管做出多荒謬的作為，對方都照單全收地相信了，那麼，這個人的心中一定藏著許多恐怖的計謀。但癡愚的

⑤ 土左衛門全名是成瀨川土左衛門，是江戶時代的相撲力士，因為溺死，後人將溺死的屍體俗稱為土左衛門。

貍貓並不懂得這個道理，臉上一直掛著微笑。

兩人一起來到湖畔，雪白的河口湖上沒有一絲波紋。兔子捏起泥巴，開始製作她所謂「堅固」的船，貍貓一邊說著「不好意思、不好意思」，一邊為他自己的便當菜色四處奔走著。黃昏時，微風徐徐吹來，湖上佈滿細小的波紋，就在此時，用泥土做的小舟閃耀著金屬般的光輝，完成了下水典禮。

「嗯，不錯嘛。」貍貓說著，嘿咻一聲，把他那個像石油桶般的便當盒放到船上。

「妳這女孩手還真巧呢，一下子就完成了這麼漂亮的船，簡直是神技啊。」貍貓說著不著邊際的客套話，什麼要是有手這麼巧的人當老婆就好了，或是如果我娶了一個手這麼巧的老婆，只要靠她工作，就可以雲遊四海，過著奢侈的日子了等等，除了愛慕的話語外，甚至連私慾都開始露骨地表現出來，彷彿錯過了這次，這輩子就再也沒有機會接近這個女孩了。貍貓抱持著這種體悟，嘿咻一聲踏上了泥舟，「妳一定很會划船吧。不，我怎麼可能不會划船？我今天只是想見識一下我未來老婆的能耐。」貍貓連遣詞用句都變得十分無恥，「以前我常被人稱做划船高手或是划船達人，但今天想要休息一下，躺在船上看看妳的划船技巧。」

沒關係的，妳就幫我把我的船頭和妳的船尾綁在一起，兩艘船緊密地貼在一起，我們同生共死，妳可不能拋下我喔。」狸貓用很故意的語氣說些討人厭的話，說完便癱在泥舟裡睡著了。

兔子聽到狸貓說要把船連在一起嚇了一跳，心想，難道這個笨蛋也察覺到什麼了嗎？偷偷看了一下狸貓的表情，結果什麼事也沒有，狸貓掛著好色的笑容，已經進入夢鄉了，一邊說著白癡的夢話，如果釣到鯉魚就要叫醒我喔，因為鯉魚真的很好吃，我三十七歲喔之類的，兔子輕蔑地笑著，便把自己的船和狸貓的船綁在一起。划槳時船槳拍擊湖面，激起啪啪的水聲，兩艘船慢慢地離開了岸邊。

鸕鶿島上的松林被夕陽染得一片火紅。在這裡作者又要展現一下自己的博學多聞了。畫在「敷島牌[6]」煙草盒外的圖案，就是鸕鶿島松林的寫生，我這麼一說，讀者們應該馬上就明白了吧。告訴我這件事的人非常值得信任，因此讀者也不妨信之。當然，現在已經沒有敷島牌煙草了，所以我想年輕的讀者們一定對這個話

⑥ 紙捲煙草的品牌名，為明治時期許多文豪所喜愛。

題不感興趣，大概也只有三十歲以上的讀者會模糊地想起「就是那個松林啊，以前曾經和藝妓一起到那裡去玩過」，然後露出十分無趣的表情吧。我只是說個無聊的小故事而已。像這樣炫耀知識，就會招來如此愚蠢的結果。

兔子望著鸕鶿島的夕景，喃喃地說：「風景真美。」這實在是件很奇怪的事。因為不管多麼罪大惡極的人，在即將犯下殘忍的罪行之前，應該是沒有餘裕欣賞山水之美的，但是，這位美麗的十六歲處女，正瞇起眼睛欣賞島上的景色，天使與惡魔彷彿只有一紙之隔。把任性且不知勞苦的處女露骨地表現出的噁心厭惡，讚嘆為「啊，真是純真的青春年華」並垂涎著的男人們，最好要小心一點。這些人所謂「青春的純真」，大概都類似於這個故事裡的兔子，在她的心中，對美景的陶醉和恐怖的殺意可以理所當然地共處，放任自己的官能渾沌亂舞，危險至極，就像啤酒泡一樣。這種倫理被官能所遮蔽的狀態，只能稱之為低能或是惡魔了。在前陣子十分流行的美國電影裡，就出現了許多所謂「純真」的男女，只是不停刺激撩動對方的皮膚感官，就像彈簧一樣不停重覆。我並不是牽強附會，而是覺得，所謂「青春純真」的始祖，應該不是出自美國，就像《Love On Skis》⑦這部電影一樣，這是我的愚見。在電影裡，也常看到犯人內心平和地做出許多非常愚劣的犯罪，這如果不是低能就是惡魔。惡魔這個詞的由來，說不定就是指低能的意思。既然是低能者，那也沒有話好說了。講到這裡，讀者應該也瞬間對那個小巧纖細、手腳華潤，被比擬為額上有著新月的亞緹米絲女神的十六歲處女兔，感到興趣缺缺了吧。

「呀！」突然，兔子腳下傳來奇怪的叫聲。那是我們最親愛也最純真的，三十七歲狸貓先生的悲鳴。「水、水啊，這可糟了！」

「吵死了。泥巴做的船一定會沈的嘛，連這都不知道嗎？」

「我不懂，我不能理解，從頭到尾我都不懂。這完全沒道理啊！妳竟然想要把我……不，妳根本就是魔鬼，我完全不明白啊，妳不是我的老婆嗎？啊呀，往下沈了！至少現在眼前所見的唯一事實就是下沉。如果妳是在跟我鬧著玩，也太過分了！這根本就是暴力啊！啊呀，又往下沈了！妳為什麼要這麼做？這麼一來我的便當不就白做了嗎？那裡面有鼬鼠的糞便，還有蚯蚓做的水管麵啊，都浪費掉

⑦ 太宰原文是「スキイでランラン」，可能是指《Love on skis》這部 1933 年的匈牙利電影。

了！噗！啊呀，不小心喝到水了！我拜託妳，不要再開這麼惡劣的玩笑了，喂、喂，妳不能把繩子切斷啊！就算我死」，聯繫夫婦間的緣分之繩是兩輩子也切不斷的。啊呀，切斷了！救命啊！我不會游泳啊！我承認！以前還算得上會游，但現在都三十七歲了，身體的筋都硬了，很難再游泳了。我認了！其實我已經三十七歲了，跟妳的年紀實在差太多了，所以要好好對待年長的人啊！不要忘記敬老之心！啊噗！妳是個好孩子，是好孩子的話，就把妳手上的槳伸給我吧，這樣我就可以抓住槳了，啊好痛好痛好痛！妳在做什麼，很痛耶，妳怎麼可以拿槳打我的頭呢？原來如此，我終於明白了，妳想要把我殺了吧，我終於明白了。」狸貓在將死之際，終於看穿了兔子的詭計，但已經太遲了。

啪啪、碰碰，毫無慈悲的槳落在狸貓的頭上，狸貓在閃耀著夕陽光輝的燦爛湖面上載浮載沈。

「好痛好痛，好痛好痛好痛啊！妳太過分了，我到底是對妳做了什麼罪大惡極的事？愛上妳有錯嗎？」說完，就咕咚一聲，沈入湖底。

兔子用手背擦著臉，說：「唷，流了好多汗。」

故事就到此為止，可以說這是一個提醒大家要戒色的故事，或是希望大家不要接近十六歲處女的滑稽忠告，又或許是告訴大家做事要有分寸的禮儀教科書：如果很喜歡對方，卻太過糾纏，就會被對方極度嫌惡，最終招致殺身之禍。也許這也是一則帶有暗示的笑話，暗示我們除了道德善惡之外，人們更常依憑著個人的好惡，而在日常生活中互相責罵、互相懲罰、互相獎勵、互相說服等等。

不不不，我不想如此急躁地妄下這種評論家式的結語。就用狸貓將死之際留下的那句話放在這兒，應該也不錯吧。

他說，「愛上妳有錯嗎？」

這麼說也不為過，自古以來，世上文藝作品的悲劇主題，大概都不離這句話。每個女性心中，都住著一隻毫無慈悲的兔子，而每個男性都像那隻善良的狸貓一樣不斷沉溺。作者這三十幾年來，親身經歷許多同樣的經驗後，才終於明白了這件事。或許您也是。後略。⑧

⑧ 原文最後就是後略二字。

舌切雀

我所作的這本《御伽草紙》，原本是想慰勞那些為了日本國難敢死奮鬥的人們，希望做出一個能在寸暇之餘令人耳目清新的玩具。這一陣子我時常發燒，但仍拖著病體奉公出勤，一邊處理自家受災後的事宜，一邊趁著繁忙之餘，一點一滴把這些故事寫出來。〈肉瘤公公〉、〈浦島先生〉、〈喀嗤喀嗤山〉，接著是〈桃太郎〉與〈舌切雀〉，我原本打算如此編排這本《御伽草紙》，但是〈桃太郎〉這個故事，已被當作日本男兒的象徵，內容也被簡化了，比起故事形式，詩歌更能表現其中趣味。當然，一開始我也想重新塑造〈桃太郎〉，用我自己的形式表現，原本我打算賦予鬼島上的鬼一種打從骨子裡就充滿憎恨的性格，要把他們描寫成不打一仗不會甘心的那種極惡妖怪，由此引起大部分讀者對桃太郎征討鬼島的共鳴，進而讓閱讀到那場戰役的讀者都手心冒汗，在危機一髮之際也彷彿身同其境。

（一個作者會談論自己未完成的作品計畫，大抵都是因為無法順利書寫，只能吹噓順便發些牢騷。）總之，反正都在興頭上了，請先耐心聽我說吧。在希臘神話裡，最醜惡邪佞的魔物，應該就是擁有蛇頭的梅杜莎了。眉間總是因為狐疑而刻進深深的皺紋，小小的灰色眼睛裡燃著露骨的殺意，發出威嚇的怒吼時，蒼白的雙頰也跟著震動，黑色的薄唇不間斷地吐出嫌惡及侮蔑的話語，以及整頭長滿赤腹毒蛇的長髮，面對敵人時，這些毒蛇便會一起發出噁心的咻咻聲，並像鐮刀一樣立起。只要看她一眼，馬上就會有莫名的恐懼，接著，心臟凍結，全身僵硬，變得像冰冷的石頭一樣。與其說是恐怖，說不舒服或許還更恰當，她並不是加害於人的身體，而是人的心。像這樣的魔物，應該是最為人憎恨的，所以不把她打倒是不行的。與她相比，日本的妖怪就單純得多，而且也有可愛之處。像古寺的大入道[1]或是傘下有一隻腳的怪物，大概都是為了那些喝了酒的豪傑，所以才跳著

---

① 日本傳說的妖怪之一，各地方傳說的妖怪形態各有不同，但共同特徵是身軀巨大，眼珠也很大很圓，有些地方的大入道還有脖子很長的特徵。

天真的舞步，出現在豪傑眼前，以聊慰豪傑空虛的夜晚。另外，繪本裡所畫的鬼島眾鬼，只是體型龐大而已，被猴子搔到鼻子，馬上就哈啾一聲打了一個噴嚏，接著就投降了，沒有任何令人感到恐怖的地方，甚至會讓人覺得他們十分善良，卻反而要大費周章去退治那些鬼，這樣的故事實在無法引起人們的興趣，除非有比梅杜莎的頭還要更厲害、更令人感到不愉快的角色登場，否則就無法令讀者拳頭緊握，手心冒汗。但如果把作為征服者的桃太郎寫得太厲害，反而會讓讀者同情起鬼島的鬼，那這個故事最精華的橋段，千鈞一髮時的醍醐味，就顯現不出來了。像齊格飛[2]這樣擁有不死身的勇者也是有弱點的，那就是他的肩膀。即使是弁慶[3]也是會哭的。總之，太過完美的強者，是不適合出現在故事裡的。可能是因為作者自身經歷的緣故，對於弱者相當了解，但對於強者的心理就無法明白了。況且，我從來沒遇過哪個完全沒輸過的完美強者，連類似的傳聞也沒聽說過。我是一個如果自己沒有實際經歷過，就寫不出一行、甚至一個字的作者，光憑空想，只能寫出空洞無趣的故事。所以，當我要寫〈桃太郎〉的故事時，絕不可能讓這種實際生活裡從未見過的不敗豪傑登場。我寫的桃太郎，小時候一定是個愛哭鬼，體弱多病，膽小怕生，是個沒出息的男人，儘管如此，但他打破了所有人的想像，踏進永遠充滿絕望、戰慄、怨嗟的地獄，看見那些凶殘暴戾的妖魔鬼怪後，覺得自己雖然力弱，但也不能坐視，於是毅然前行，腰間帶著糰子，往那些妖鬼的巢窟出發，我一定會寫成這樣的。至於後來加入的狗、猴子和雉雞，也一定不會是模範的得力助手，各自都有令其他人感到困擾的怪癖，途中還會吵架，可能會寫成像西遊記裡的孫悟空、豬八戒、沙悟淨這樣的角色。但是，就在〈喀嗤喀嗤山〉之後，終於可以開始著手寫「我的〈桃太郎〉」時，突然感到烏雲罩頂，覺得〈桃太郎〉無法只用一則故事這麼單純的形式來交代。因為這已經不只是故事了，這

---

② 此指華格納著作《尼伯龍根的指環》當中的英雄齊格飛。齊格飛殺死魔龍之後，因為傳說龍血可令人刀槍不入，齊格飛便坐入當中入浴，此時有一片菩提葉飄落在齊格飛的右肩上，齊格飛出浴後才發現右肩因為菩提葉的關係沒有泡到龍血，但此時龍血已經乾涸不能再泡了，所以齊飛格唯一的弱點就是右肩。

③ 全名武藏坊弁慶，為日本平安時代末期的僧兵，跟隨源義經討伐平家，贏得不少戰役，是日本武士道精神的代表，也被當作許多日本神話、小說等的素材。傳說弁慶是身中萬箭站立而死，即著名的「立往生」。

是所有日本人從古早以前就不斷謳歌傳頌而來的日本史詩，不管故事的脈絡多矛盾都沒有關係，這首史詩明快廣闊的氣度，直到現在還在日本迴響著。而且，桃太郎是個拿著「日本一」旗幟的男子，不要說日本第一，就連日本第二、日本第三都沒有實際經驗過的作者，怎麼可能描寫得出日本第一的偉大男子呢？當「日本一」的旗幟在我腦中浮現時，我便很乾脆地放棄了「我的〈桃太郎〉物語」的寫作計畫。

於是，我馬上就開始寫接下來這個〈舌切雀〉的故事，並且打算著寫完〈舌切雀〉就把《御伽草紙》作結。這個〈舌切雀〉的故事，和前面的〈肉瘤公公〉、〈浦島先生〉、〈喀嗤喀嗤山〉一樣，都沒有號稱「日本第一」的人物登場，所以我的責任就很輕了，可以自由地寫，畢竟只要一提到日本第一，如果連這種小事都寫成是這個尊國裡的第一名，即使是用童話故事的名目，隨便亂寫也是不被允許的。要是外國人看了之後說「什麼嘛，這就是日本第一嗎」，被這樣瞧不起的話那可怎麼辦，所以，在此我就先壓住這個念頭。不論是〈肉瘤公公〉故事裡的兩位老人還是〈浦島先生〉，以及〈喀嗤喀嗤山〉裡的狸貓，這些絕對都不是日本第一的角色。只有桃太郎是日本第一，所以我就不寫〈桃太郎〉。所以，如果這本《御伽草紙》在你眼裡有出現任何日本第一的角色，可能是你眼睛有問題，所以看錯了。這樣懂了嗎？在我的《御伽草紙》裡出現的角色，沒有日本第一、第二或第三，沒有所謂「代表性的人物」，那是因為名叫太宰的作家自身愚蠢的經驗及匱乏的想像，只能創造出這些極其平庸的人物。如果以孔窺全，憑這些人物推測全日本人的輕重，那根本就是刻舟求劍，鑽牛角尖而已。我非常尊重日本，雖然這不是件可以掛在嘴上說的事，但也就是因為這樣，所以我才避開描寫日本第一的桃太郎，因為其他人物並不是日本第一，所以我可以暢所欲言。我想一定會有讀者對我這樣奇怪的堅持表示贊同吧。

說到〈舌切雀〉的主角，別說是日本第一強了，相反地，他可以說是日本第一沒用的男人。首先，他身體孱弱。身體孱弱的男人在這世間的價值比不良於行的馬還低。他總是無力地咳嗽，氣色也很差，早上起床之後拿撢子拂去紙門上的灰塵，再拿起掃帚開始打掃房間，掃完地之後就已經用盡全部的氣力，接下來一整天就是在矮桌旁時睡時醒，吃完午飯後就自己蓋上棉被開始睡覺，這個男人十幾年來都持續著這樣沒用的生活。雖然還不到四十歲，但是署名時已經自稱為翁，還命令家裡的人都要叫他爺爺。他或許算得上是個出世的隱士，但這樣的隱士多少還是要有點積蓄，才能捨世而居；如果身無分文，即使想捨世，還是會被世間追趕，而無法真正遠離世間。這位「老爺爺」也一樣，雖然現在住在寒酸的草屋裡，其實原本是有錢人家的三男，卻因為悖離父母的期待，沒有正當的工作，又時常生病，懶散地過著晴耕雨讀的生活，後來父母和親戚們也放棄了他，不再稱他是吃軟飯的弱雞，每個月固定給他一點可以維持基本生活的小錢，正因為這樣，他才有辦法過著捨世而居的生活。他的居所雖說是間草庵，但仍看得出他是有相當身分地位的人，不過，雖然有身分，卻很沒用。雖說他真的身體不好，但也不是終日臥床的病人，應該做點像樣的工作，但這位老爺爺卻一事無成，每天只知道讀書。他讀過很多書，但似乎讀完就忘光了，從來沒有把自己讀書的心得和別人分享過，每天就只是無所事事地閒晃。光是這樣，就已經足夠被評斷為存在價值等於零的人了，但還不止如此，這位老爺爺連一個孩子也沒有。結婚已經十幾年了，還沒有子嗣，可以說這位老爺爺完全沒有盡到一點生在人世的義務。什麼樣的女人願意陪在如此毫無企圖心的一家之主身邊十幾年，多少讓人有點好奇，但只要是越過他們家草屋的籬笆，往裡頭窺見過的人，都會發出「什麼嘛」這種失望的啐嘆。老實說，他太太毫不出眾，不論誰看到她全身黝黑，眼珠突出，粗大的手掌又皺又無力地垂在腰前，彎腰駝背在庭院裡忙碌奔走的樣子，都會覺得她比「老爺爺」還要老。但其實她今年才三十三歲，正邁入所謂的大厄年④，原本是在「老爺爺」老家工作的女傭，負責照顧體弱多病的老爺爺，但在不知不覺中，也開始照顧起老爺爺的人生了。她是個文盲。

「快點，請你快點把內衣脫了，拿過來這裡，我要拿去洗。」太太用強烈的語氣命令他。

「下次吧。」老爺爺把手肘靠在矮桌上，托著腮低聲答道。老爺爺說話的聲音總是非常低沉，而且每句話的後半段都悶在嘴裡，只聽得見啊、那個、嗯之類含糊的字句，就連跟他一起生活了十幾年的「老婆婆」也無法每次都聽懂，更何況是其他人。反正他就跟離世隱居的人一樣，不管他說的話有沒有被理解都無所謂，也沒有固定的職業，雖然常讀書，但也不想把自己所得的知識著述下來，結

---

④ 類似台灣習俗逢九的歲數，日本叫厄年，男性是25、42、61歲，女性是19、33、37歲，其中男性的42歲和女性的33歲是最不好的大厄年。

婚十幾年仍沒有孩子。因為這種性格，使得日常生活的溝通都可以減免，話的後半段都像含在嘴裡一樣咕嚕咕嚕的。不知道該不該說這是種惰性，總之這種消極的性格，絕不只表現在言語上。

「請你快點拿出來，你看，襦袢⑤的領子都被你的汗弄得又油又髒的。」

「下次。」老爺爺仍然用手撐頰，臉上不帶一絲微笑，直瞪瞪地望著老婆婆的臉。這次總算是說得比較清晰一點了，「今天很冷。」

「都已經是冬天了，不只今天，明天、後天、大後天也都會很冷。」老婆婆像是在罵小孩子一樣的語氣叱著，「你知不知道，像你這種整天待在家裡，坐在暖爐旁的人，跟走到水井旁洗衣服的人比起來，誰會覺得比較冷？」

「不知道。」老爺爺露出微妙的笑容回答道，「因為妳習慣走到水井旁了。」

「不要跟我開玩笑。」老婆婆深深地皺起眉頭斥道，「我可不是為了洗衣服才活在這個世上的。」

「這樣啊。」老爺爺說著，一副與自己無關的樣子。

「快點脫下來給我，換穿的乾淨內衣全都放在那邊的抽屜。」

「會感冒。」

「是，我遵命。」老婆婆非常氣憤地丟下這句話就走了。

這裡是東北的郊外，愛宕山的山麓，廣瀨川的急流流經的一片遼闊竹林。仙台地方自古以來就有很多雀鳥，被稱之為仙台笹的紋章[6]，就是畫有兩隻雀鳥的紋飾，另外，戲劇的先代萩[7]裡，雀鳥的角色都是由每年年俸有千兩以上的大牌演員所飾演的，我想各位都知道吧。去年我到仙台旅行時，當地的友人告訴我一首古老的童謠：

竹籠目　竹籠目
竹籠裡的　小麻雀
何時何時　出來咧

---

⑤ 指穿著和服時，介於內衣與外衣之間的中衣。
⑥ 仙台藩伊達家的家徽叫做仙台笹，俗稱竹雀紋。
⑦ 歌舞伎．淨瑠璃〈伽羅先代萩〉的通稱。

不只在仙台，這首歌謠後來變成日本各地的孩子們玩遊戲時所唱的歌。⑧

竹籠裡的　小麻雀

在這句裡頭，籠中的小鳥寫明是麻雀，另外還有「出來咧」這樣的東北方言毫不做作地穿插其中，明確地顯示這是一首出自仙台的民謠。

在老爺爺草屋四周的廣大竹林裡，也住著許多的麻雀，不分晝夜地嘈雜著，叫聲之大，簡直就快把耳朵給弄聾了。這一年的秋末，在某個雪霰輕落在竹林中，發出清脆聲響的早晨，老爺爺發現庭院裡有一隻跛腳的小麻雀，不自然地蹦跳著，老爺爺默默地將牠拾起，帶到房裡的暖爐旁餵食。後來，即便小麻雀的腳傷已經恢復，牠仍然待在老爺爺的房間裡玩，偶爾從房間倏地飛降到庭院的地上，再飛回緣廊，啄食老爺爺給牠的飼料，然後滴下糞便。

老婆婆見狀，馬上說：「那樣很髒。」老爺爺便默默起身，取出懷紙⑨把滴落在緣廊的鳥糞擦拭乾淨。待在老爺爺家的日子久了，小麻雀也漸漸分得出來誰待牠好，誰待牠不好。家裡只有老婆婆一個人在的時候，小麻雀就在庭院裡或屋簷下避難，等到老爺爺出現之後，便馬上飛到老爺爺的頭上停下，或在老爺爺的桌上跳來跳去，一下跑去偷喝硯台裡的水，一下躲在掛毛筆的筆架中，不斷妨礙老爺爺讀書，雖然如此，老爺爺都假裝沒看見。他不像世上的愛禽家，會替自己的愛禽取一個奇怪的名字，然後對牠說：「瑠美啊，妳也很寂寞吧。」不管小麻雀在哪裡，或做了什麼事，老爺爺都一副漠不關心的樣子，只是偶爾從廚房抓一把飼料撒在緣廊。

在老婆婆催討髒衣服不成退場之後，小麻雀就從屋簷啪躂啪躂地飛進來，停

---

⑧ 原本第二句的歌詞是「籠の中の鳥は」，鳥可以泛指小鳥也可指雞，《御伽草紙》的原文裡作為「カゴノナカノ　スズメ」，是太宰故意將鳥換為雀；最後的「出來咧」，原本的歌詞是デヤル，在《御伽草紙》的原文裡作為仙台方言口音的デハル。

⑨ 懷紙是放在和服的懷中隨身攜帶的兩折紙束，可以用來抄寫詩歌、包點心、喝完茶擦茶碗的口印等。現在主要用於茶道時取點心、擦手指等。

在老爺爺用手托腮的矮桌對角。自此，發生在小麻雀身上的悲劇便慢慢揭開序幕。老爺爺的表情絲毫未變，靜靜地看著小麻雀，過了一會兒，老爺爺才終於說了句「這樣啊」，然後深深地嘆了一口氣，把書本攤開在桌上。他只翻了翻書本的一兩頁，便又恢復成托腮的姿勢，迷茫地望著前方，「說什麼不是為了洗衣服而生的，看來她心裡還是有想要成為小女人的一面嘛。」老爺爺低聲說道，幽幽地苦笑著。

這時桌上的小麻雀突然說起人話。

「那您呢？您是為什麼而生的？」

老爺爺並沒有特別感到驚訝，「我啊，我生來就是為了說實話的。」

「但是，您什麼話也不說啊？」

「這世上的每一個人都在說謊，所以我不喜歡和他們說話。大家都只會說謊話。更可怕的是，他們自己都沒有察覺自己在說謊。」

「那是懶人的藉口。說不定，這世上的所有人都想要用這種懶惰的態度來對待別人。不過，您什麼努力都沒做啊。有一句諺語：『己所不欲勿施於人』。您也沒有說別人的資格吧。」

「說的也是，」老爺爺還是面無表情，「不過，要是有其他像我這樣的男人也不錯啊。你看我，雖然像是什麼事都沒做的樣子，但其實有些事是除了我以外沒人能夠做到的。雖然不知道有生之年會不會有發揮我真正價值的時機到來，可是，一旦時機來臨，我便會大大地活躍。在時機到來之前，我就……沉默地……讀書。」

「是這樣嗎，」小麻雀歪著頭說，「越是軟弱的陰弁慶[10]，這種逞強的氣燄就越是高漲呢。您現在的生活可以說是半殘的隱居吧，像您這樣年老體衰的長者，還把過去未實現的夢想看成希望，只是在自我安慰罷了，真可憐。別說是逞強的氣燄，根本只是執迷的癡愚。您根本沒做過任何好事吧。」

「你講的也對，」老爺爺沉靜了下來，「不過，我現在可是正在進行一件很了不起的事。是什麼呢，就是無欲。這事說來容易，做起來卻很困難。像我家那個老太婆，已經跟我這種人在一起十幾年了，原本以為她多少已經捨棄了一般世俗的慾望，但其實完全不是這樣，就像今天她說的話，多少還是有渴望美豔的俗

---

⑩ 沒人的時候說話很大聲，在人前反而很懦弱的樣子。

念。實在是太好笑了，好笑到連我獨處的時候都會笑出來。」

此時，老婆婆突然一聲不響地探出頭來，「美色什麼的我可沒想喔。咦？你在跟誰說話？好像是一個年輕女孩的聲音。客人在哪裡？」

「客人嗎。」老爺爺又如往常一般，語句的後半段混濁不清。

「你剛才的確在跟人說話，而且是說我的壞話。算了，反正你跟我說話的時候總是口齒不清，還一副心不甘情不願的樣子。那個女孩的聲音，簡直就像有人故意變聲似的，那麼年輕、活潑、開朗。你自己才是還有色慾俗念的人呢，根本就放不下。」

「是嗎。」老爺爺仍然含糊地回答，「但是這裡的確只有我一個人。」

「別跟我開玩笑了。」老婆婆似乎真的動怒了，一屁股坐在緣廊上，「你到底把我當做什麼？我可是咬牙忍耐才走到今天的，但你從頭到尾都把我當傻瓜。沒錯，我沒家教又沒唸過書，無法成為你說話的對象，但你也太過分了。我是因為年輕時就在府上工作，後來負責照顧你，所以才變成現在這樣的，你的父母那時也說，這人算是十分勤奮，就讓她跟兒子在一起吧——」

「滿口謊言。」

「我哪有說謊？我說了什麼謊？本來不就是這樣子嗎？那個時候，最了解你的人就是我了，沒有我不行，所以才變成要我照顧你一生的，不是嗎？我哪一句說謊？如何說謊的？我願聞其詳。」老婆婆臉色驟變，一直逼問著。

「大家都說謊。那時候，我只是覺得妳沒有誘惑我的意思，只是這樣而已。」

「你到底是什麼意思，我完全不懂。別把我當笨蛋，我是為了你，才跟你在一起的，誘惑什麼的完全沒有，你說的話也太低級了。你不知道吧，我光是跟你這樣的人朝夕相處，就覺得寂寞得無以復加，你也從沒對我說過一句溫柔的話。看看其他夫婦，無論多麼貧困，晚餐時兩人還是愉快地聊著身邊發生的事，然後相視而笑。我絕對不是一個貪心的女人，為了你，我什麼事情都可以忍耐，只是，如果你偶爾能對我說一句溫柔的話，我就很滿足了。」

「這點小事也要說，真是無聊。原本以為妳大概已經放棄了，結果還是這些老掉牙的牢騷。企圖想要扭轉局面對吧，這樣可不行啊，妳說的事會誤導大家的。妳三不五時會出現這種情緒本位的膚淺想法。讓我變得如此沉默的人，就是妳。晚飯時聊的那些話題，都是對附近鄰居品頭論足，也就是說別人的壞話，這種時候妳所謂的情緒本位，就意味著我得聽妳說別人的壞話。到目前為止，我從來沒聽過妳讚美過某人。我畢竟是個心性軟弱的人，一定會受妳的影響，開始批評別人。對我而言，這就是最恐怖的地方，所以我索性決定對誰都不要開口。妳們這些人，就只著眼在別人的壞處，完全沒有察覺到自身的恐怖。所以，我害怕人。」

「我明白了。我已經受夠你了，反正你也討厭我這個老太婆吧，我都知道。剛才的那位客人在哪？躲在哪裡了？確實是一個年輕女孩的聲音。你能跟年輕女孩聊得那麼開心，會討厭跟我這個老太婆說話也是理所當然。什麼嘛，口口聲聲說無欲無求什麼的一副覺悟了的臉，遇到年輕女孩還不是馬上就興奮起來，說了一大堆話，連聲音都變了。」

「妳說是這樣就這樣吧。」

「什麼就這樣？那位客人在哪裡？我不跟客人打個招呼的話，就對客人太失禮了。畢竟在別人看來，我就是這個家的女主人，讓我跟客人打個招呼吧，可別把我看扁了。」

「就是牠。」老爺爺抬了抬下巴，指著站在桌上玩耍的小麻雀。

「咦？別開玩笑了，麻雀怎麼可能會說話。」

「會啊，而且說得還挺一針見血的呢。」

「你總是這麼惡劣地耍我。那麼，就隨你便吧。」老婆婆突然伸出手，一把抓起桌上的小麻雀，「為了不讓他一直說些一針見血的話，我就把他的舌頭拔掉。平時你太寵這隻麻雀了，我雖然很厭倦，但也無可奈何，正好，讓那個年輕女孩逃掉了，作為替代品，我就把這隻麻雀的舌頭拔掉。哈哈哈，真是太痛快了。」說著，就撬開手掌中麻雀的嘴，緊緊抓住那像油菜花一樣的小舌頭，嘰的一聲拔掉了。

小麻雀痛苦地拍翅往高空飛去。

老爺爺無言地望著小麻雀飛去的方向。

隔天，老爺爺開始在竹林裡搜尋小麻雀的蹤跡。

舌頭被切的　小麻雀
你在哪兒呢
舌頭被切的　小麻雀
你在哪兒呢

對老爺爺而言，用如此不顧一切的熱情做出行動，在他人生中還是頭一遭。在老爺爺心中一直沉睡著的某物，此時終於冒出頭來，但要說某物究竟是何物，筆者（太宰）也不能明白。當他在自己家時，卻感覺是在別人家一樣，總是無法放鬆的人，突然之間，遇見了擁有能讓自己安心的力量的人，並開始追求，這大概可以稱之為戀愛吧。但是比起心意、戀愛這些詞語所表現出的單純心理狀態，老爺爺的心情恐怕更可以說是因為孤獨寂寞。老爺爺十分熱切地尋找小麻雀，他有生以來第一次如此積極執著。

舌頭被切的　小麻雀
你在哪兒呢
舌頭被切的　小麻雀
你在哪兒呢

老爺爺並不是刻意一邊唱著這首歌一邊尋找小麻雀的，只是當竹林裡的風在耳邊囁嚅著，他心中就自然而然湧現這些語句，一直重複著，簡直跟佛經一樣，當他一步一步踩在竹林雪地上，這些句子也同時跟著湧出，和耳邊風的鳴聲合奏。

某天夜裡，仙台地方難得下起了大雪，翌日，天氣晴朗，周遭變成一片耀眼的銀白色。老爺爺這天仍然一大早就穿起草編的雪鞋，和之前一樣，漫無目的在竹林裡走著。

舌頭被切的　小麻雀
你在哪兒呢
舌頭被切的　小麻雀
你在哪兒呢

突然間，凝結在竹葉上的一大團積雪，碰地一聲掉了下來，正好砸在老爺爺頭上，老爺爺倒在雪地上，昏了過去。彷彿身在夢境之中，他聽見許多細碎的耳語在身邊響起。

「真可憐，應該是死了吧。」

「他才沒死呢，只是失去意識而已。」

「但是，他要是這樣一直倒在地上的話，還是會被凍死的。」

「說的也是。不趕快做些什麼的話可不行啊，真傷腦筋。如果她早點走到這裡來的話，就不會發生這種事了。她到底怎麼了？」

「你說阿照嗎？」

「是啊，不知道是被誰惡作劇傷到了嘴巴，從那以後，就再也沒有看過她到這附近來了。」

「應該還在睡覺吧。她的舌頭被拔掉了，所以沒辦法說話，只能每天以淚洗面。」

「原來是舌頭被拔掉了。竟然會有人做這麼可惡的惡作劇。」

「其實，就是這個人的老婆幹的好事。那位太太並不是壞人，只是那天心情不好，正為了一點小事發脾氣，就突然把阿照的舌頭給拔了。」

「你看見了？」

「對呀，好恐怖。人類就是做得出這麼殘酷的事。」

「她是在吃醋吧。我也對這位先生家裡的事情有所耳聞，都是因為他把他的老婆當笨蛋耍，做得太過火了。雖說他不大可能溺愛太太，但那樣漠不關心也的確不好。阿照也真是，和先生太過親密了。總之，大家都有不對的地方，算了。」

「咦，你在吃醋嗎？你喜歡阿照吧，瞞著我可不行喔。因為阿照是這片竹林裡第一的美聲家，所以你才不自覺地嘆著氣，對吧？」

「什麼嫉妒的，這種低級的事我才不會做呢。不過，跟你比起來，阿照的聲音確實比較好聽，而且人也漂亮。」

「你好過分。」

「要吵架就免了。話說回來，這個人到底要怎麼辦？如果不管的話，他就會死掉了。真可憐，他那麼想要見到阿照，每天在這片竹林裡來回尋找，卻遇到這種事，真倒楣。這個人一定很老實。」

「只是個笨蛋而已。都這麼一把年紀了，還追著一隻小麻雀到處跑，不是笨蛋是什麼？」

「不要這麼說。喂，我們就讓他們見面吧，阿照好像也很想見到這個人，但是阿照已經被拔了舌頭，無法開口，就算我們告訴她這個人在找她，她也只能在竹林深處歇息，整天淚流滿面而已。雖然這個人也很可憐，但阿照比她更可憐啊。如何？我們就出一點力吧。」

「我不要。我不想對這種情愛糾葛拿出同情心。」

「才不是情愛糾葛。你不懂啦。在座的各位，應該都很希望我們幫忙他們見面吧。這是很正常的，本來就應該如此。」

「對啦對啦，我來幫忙，沒什麼特別的理由。我們就來請求神吧，我的爺爺一直以來都這麼教導我，不管其他邏輯道理，當想要為他人盡一份心力時，就是求神最好的時機。這種時候，無論祈求什麼，神明都一定會幫忙實現的。各位，請在這裡稍等我一下，我現在就去拜託鎮守森林的神明。」

老爺爺忽然睜開眼睛，醒了過來，發現自己在一間用竹柱蓋成的、小巧華麗的屋子裡。他坐起身來環顧四周，此時，紙門咻地一聲打開了，一個身長兩尺左右的人偶走了出來。

「哎呀，您醒了啊。」

「啊，嗯。」老爺爺悠然一笑，「這是哪裡？」

「這裡是麻雀的宿屋。」這位像人偶一樣可愛的女孩子，在老爺爺面前端正地坐下，眨著又圓又大的眼睛回答道。

「這樣啊。」老爺爺似乎稍微安心了點，點了點頭，「難道妳就是那個舌切雀？」

「不是的，阿照還在裡面的房間睡著。我叫阿鈴，是阿照最好的朋友。」

「這樣啊。這麼說來，那個舌頭被拔掉的小麻雀，名字叫阿照？」

「是的，她是一位非常溫柔、善良的人。請您快去看看她吧，她好可憐，因為不能說話，每天只能不停地流淚。」

「我去見她。」老爺爺站了起來，「她在哪裡呢？」

「我替您帶路。」阿鈴輕快地擺了擺長袖，站起身來走到緣廊。

老爺爺為了防止滑倒，躡手躡腳地走在青竹鋪成的狹窄緣廊上。

「就是這裡，請進吧。」

在阿鈴的帶領下，老爺爺走到了最裡面的房間。是一間很明亮的小屋，屋前的庭院長滿了繁茂的小竹，竹林間有淺淺的清水流過。

阿照蓋著小小的紅絹被正熟睡著，是個看起來比阿鈴更美、更有氣質的人偶娃娃，只是臉色稍微有些發青。她睜開大大的眼睛，一直怔怔地望著老爺爺，然後撲簌簌地流下淚來。

老爺爺在她枕邊盤腿坐下，什麼話也沒說，望著院子裡川流的清水。阿鈴悄悄地離開了房間。

無聲勝有聲。老爺爺只是默默地嘆氣，但這並不是憂鬱的嘆息，老爺爺這輩子第一次體驗到心境的安穩，這份喜悅轉變成了幽幽的嘆息。

阿鈴靜靜地將酒菜端來。

「請慢用。」阿鈴說完便離開了。

老爺爺替自己倒了一杯酒，一邊喝著，一邊又開始眺望著庭院裡的清水。老爺爺並不是真的想要「飲酒」，只是用一杯酒讓自己陶醉其中。老爺爺接著拿起筷子，夾起菜餚當中的一塊竹筍，小口地咬著。十分好吃。但老爺爺並沒有因此大快朵頤起來，只吃了這樣就放下筷子。

紙門又打開了，阿鈴拿著第二壺酒和其他菜餚進來，然後坐在老爺爺面前。

「如何？」說著阿鈴便幫老爺爺斟酒。

「啊不，已經夠了。不過，這酒真是好酒啊。」老爺爺並不是說客套話，而是不加思索地說了出來。

「還合您的口味吧？這是竹之甘露。」

「太好喝了。」

「您說什麼？」
「太好喝了。」
躺在床上聽著老爺爺和阿鈴的對話，阿照笑了。
「您看，阿照笑了呢。是不是想說什麼？」
阿照點了點頭。
「不能說也沒關係。對吧？」進到麻雀宿屋之後，這是老爺爺第一次面對著阿照說話。
阿照眨了眨眼，點了兩三次頭，很高興的樣子。
「那麼，我就先失陪了。改天再來。」
阿鈴一時間對這個來去如風的訪客露出了呆然的樣子，
「咦，已經要回去了嗎？您在竹林裡來回走著找著，差點就凍死了，今天好不容易重逢了，卻連一句溫柔的慰問都沒有——」
「我最不會說的就是溫柔的話了。很抱歉。」老爺爺苦笑著，但已經站起身來。
「阿照，可以嗎？就這樣讓他回去？」阿鈴慌張地轉向阿照。
阿照笑著首肯了。

「你們兩個，還真是一個鼻孔出氣啊。」阿鈴也笑了出來，「那麼，歡迎您隨時再光臨。」

「我會的。」老爺爺認真地回答，然後走出了小屋，忽然停住腳步，「這裡是哪裡呢？」

「竹林裡。」

「是嗎？沒想到竹林裡竟然有　間這麼奇妙的房子。」

「是的。」阿鈴回答，與阿照相視而笑，「但普通人是看不見的。以後只要您像今天早上一樣，趴在竹林入口處的雪地上，不論何時我們都會來幫您帶路的。」

「那就謝謝了。」老爺爺沒有多加思考，也沒有多說什麼客套話，便走出房間，來到青竹鋪成的緣廊上，在阿鈴帶領下，回到一開始的小巧茶間，但這一次，茶間裡擺滿了大大小小的葛籠[11]。

「難得您來到這裡，招待不周，真是非常抱歉。」阿鈴的語氣稍微改變了，「這是我們雀之里代表性的名產葛籠，請您選一個中意的帶回家吧。」

「我不要那種東西。」老爺爺不太高興的樣子，對房間裡的葛籠看也不看一眼，說：「我的鞋子在哪？」

「您這樣子我很困擾啊，請您務必選一個喜歡的帶回家。」阿鈴用快哭出來的聲音說，「不然我會被阿照罵的。」

「不會的。那孩子絕對不會生氣，我很清楚。對了，我的鞋子在哪兒呢？我記得我是穿著一雙髒雪鞋來的。」

「我丟掉了。還是您就赤腳回去吧？」

「太過分了吧。」

「不然，您就選一個紀念品帶回家嘛。小女子拜託您了。」阿鈴對他合起小手請求著。

老爺爺苦笑著，望了一眼排在房間裡的許多葛籠。「我不喜歡拿著東西走路。每個都這麼大，有沒有大小剛好可以讓我放進懷裡的名產呢？」

「您這個要求有點太無理了——」

「那我這就回去了，赤腳也沒關係。如果非得要我提什麼東西回去的話，那

---

⑪ 竹編成的長方形大箱子，用來收納衣物。

就抱歉了。」老爺爺說著，一副馬上就要走出緣廊的樣子。

「等一下，請等一下。我去問問阿照吧。」

阿鈴說著，就啪躂啪躂地往阿照的房間飛奔而去，過了一會兒，口中啣著一支稻穗回來。

「來，這是阿照的髮簪，請您不要忘記阿照。那麼，下次再見了。」

忽地回過神來，老爺爺仍然躺在竹林的入口處。什麼嘛，原來是夢啊。正這麼想著，卻發現自己的右手握著稻穗。稻穗像玫瑰花一樣，散發出芬芳的香氣，在寒冷的嚴冬，稻穗是十分罕見的，老爺爺小心翼翼地將稻穗帶回家，插在自己的矮桌上。

「咦，那是什麼？」老婆婆在家裡做針線活的時候，瞧見了稻穗，因而質問老爺爺。

「稻穗。」老爺爺用和往常一樣的語調說著。

「稻穗？這個時期哪裡有稻穗？你從哪裡撿來的？」

「不是撿來的。」老爺爺低聲說著，便把書本打開，默默地開始讀起書來。

「有點奇怪哦，這陣子你每天都在竹林裡徘徊，又茫然地回家，今天卻一臉高興地拿著這個東西回來，還煞有其事地把它插好放在桌上。你是不是有什麼事瞞著我？既然你說它不是撿來的，那是怎麼來的？可以請你詳細地告訴我嗎？」

「我從雀之里得到的。」老爺爺簡潔地說著，一副不耐煩的樣子，想趕快結束話題。

這樣的回答，是沒辦法滿足現實主義的老婆婆的。老婆婆聽了，只是更加纏人地丟出一個個問題詰問老爺爺。不擅長說謊的老爺爺，被煩得沒辦法了，只好將自己不可思議的經歷一五一十地告訴老婆婆。

「這種事情……你說的是真的嗎？」老婆婆聽得一楞一楞的，最後忍不住笑了出來。

老爺爺不再回答，用手撐著臉頰，視線專注在書本上。

「胡說八道，你以為我會相信嗎？你一定是在騙我。我都知道，自從上次，對，就是那個年輕女孩來作客以後，你彷彿就變了個人，有時毛毛躁躁的，有時又整天嘆氣，就像是身陷戀愛之中，都一把年紀了，多難看啊，這可瞞不過我，因為我都知道。在竹林裡，有一間小小的房子，裡面還有像人偶一樣可愛的女孩，哼，拿這種騙小孩的事來搪塞我是行不通的。如果是真的，下次你去的時候，就帶一個名產的葛籠回來給我看看。但你沒辦法，對吧？因為都是虛構的。如果你能從那間不可思議的宿屋裡把大葛籠揹回來，就能當做證據，我也不會不相信你了，但是你拿這種稻穗回家，說是那個像人偶一樣的女孩的髮簪，說這種亂七八糟的話也太蠢了。像個男人一點，直接跟我坦白吧。我不是一個不識大體的女人，如果你要一兩名小妾，也不是不行……」

「我只是不喜歡拿著東西。」

「是嗎？這樣的話，我代替你去吧，只要在竹林的入口趴下就可以了對吧？我去吧，可以嗎？你會覺得困擾吧？」

「妳去吧。」

「呵，臉皮還真厚。你說讓我去，一定也是騙人的。那麼，我就真的去囉？」

老婆婆帶著不懷好意的微笑說道。

「看來，妳是想要那個葛籠吧。」

「哼，正是如此，反正我就是貪心，就是想要那個名產。我這就出門了，我會帶一個最大最重的葛籠回來的。哈哈哈，真愚蠢。我實在是對你那副事不關己的高傲表情恨之入骨，現在就想把你這張假聖人的臉皮給剝下來。只要趴在雪地上就能到達麻雀的宿屋，啊哈哈哈，這麼蠢的事，不過，我還是會遵從您所說的。要是等會你才追著我說全部都是在騙我，我可不聽喔。」

老婆婆停下手中的工作，收拾針線道具之後便走下庭院，踏過積雪，往竹林走去。

在那之後，發生了什麼事呢？筆者也不知道。

黃昏時，老婆婆俯臥在雪地上，揹著又重又大的葛籠，身體逐漸變得冰冷。葛籠太重，重得抬不起來，老婆婆就這樣凍死在雪地裡，葛籠中則是放滿了燦亮的金幣。

不知道算不算是託這些金幣的福，老爺爺後來便仕了官，最終高昇到一國宰相的地位，大家都稱呼他為雀大臣，還說他會如此官運亨通，都是因為當年他對那隻小麻雀的愛得到了回報。但是，老爺爺每次聽到這些閒話，都只是幽幽地苦笑，說：「不，都是託我太太的福，我讓她吃苦了。」

初刊：《御伽草紙》，筑摩書房發行，昭和二十年十月二十五日

清貧譚

以下內容，出自《聊齋誌異》。原文共有一千八百三十四字，如果用一般使用的四百字稿紙來寫，大約只有四張半，是個極短的小品。但也因為如此，閱讀過程中我的腦海一直不斷湧出各式各樣的空想，讀完之後的滿足感和讀完一篇三十張稿紙的絕妙短篇小說差不多。我想要將我在讀這四張半稿紙的小品時產生的各種想像直接寫出來。這樣的創作方式到底算不算偏離正道，或許還有議論的空間，但與其說《聊齋誌異》中的故事是古典文學，倒不如說是鄉野傳奇還比較接近，所以即使二十世紀的日本作家用這些古老的故事作為主幹，擅自以天馬行空的想像加以調配，兼以託付自我感懷並介紹給讀者，應該也不是什麼罪深惡極的事。即使是我創作的新體制，似乎也都不脫浪漫主義。

從前，在江戶向島附近，住了一位名字很無聊的男子，叫做馬山才之助。他非常貧窮，三十二歲，單身。他喜歡菊花，如果聽說某處有上等的菊苗，不論多麼拮据，一定會拼死拼活努力殺價，求對方賣給他。有句話叫不遠千里，既然有這句話，就表示現實中一定也有類似的事情。初秋之時，他聽說伊豆的沼津一帶有上等的菊苗，就立刻整裝，一臉嚴肅地出發了。越過箱根群山抵達沼津後，他到處探問，好不容易才買到一、二株漂亮的菊苗，他像是找到寶藏一樣，用油紙小心翼翼地把菊苗包起來，帶著一臉笑意踏上歸途。才之助又一次越過箱根山，就在已經可以望見小田原町的時候，從背後傳來啪躂啪躂的馬蹄聲，對方似乎也步伐緩慢，馬蹄聲始終和自己保持著相同的距離，不會一下子迫近也不遠離。才之助因為剛買到上等的苗種，高興得簡直要飛上天了，所以並不關心身後的馬蹄聲，直到過了小田原二里、三里、四里的距離，卻還是聽見那始終不變的馬蹄聲，啪躂啪躂地，跟自己保持著同樣距離踩踏著，才之助這才覺得有些異樣，回頭一看，看見一位美少年騎著一匹瘦馬，在距離自己十間[1]左右的地方。少年看見才之

① 間是日本計算距離的單位，一間約等於 1.86 公尺。

助的臉，對他微微一笑。要是裝作沒看見也就太沒禮貌了，於是才之助便停下腳步，也對少年回報一個微笑。少年靠近才之助後下了馬，說道：「真是個好天氣。」

「是啊，天氣真好。」才之助也表達贊同之意。

說完，少年牽著馬繼續緩慢地踏步前行，才之助也和少年並肩走著。仔細一看，這少年不像是武家出身，但卻看起來人品高尚，舉止典雅，服裝儀表也很乾淨整齊，態度落落大方。

「你要去江戶嗎？」雖然是初次見面，少年卻用熟不拘禮的語調說著。才之助被少年用這種語氣問話，態度自然也就鬆懈許多。

「是啊，我要回江戶。」

「你是江戶人啊。你從哪裡要回江戶的呢？」旅途上相遇的兩人肯定會談些旅行的話題。因為那樣所以這樣，才之助不知不覺就把這次旅行的目的全都說了出來。少年突然眼睛一亮：「這樣啊。喜愛菊花，感覺真是高雅。說到菊花，我也有一點心得，比起菊苗的好壞，栽種的方法其實更重要——」少年如此說著，還說了一些自己的獨門栽種法。愛菊成癡的才之助，立刻熱衷於這個話題：「是這樣嗎？但我還是覺得沒有好菊苗就種不出好菊花，例如說，這個——」才之助開始展現他關於菊花的廣博知識，少年並沒有直接反駁他的意見，只是不時插話，提出一些簡單的疑問，隱約展現出自己豐富的經驗。才之助越回答越沒有自信，說到最後，甚至用哭聲說著：「算了，我不說了。說一堆理論是沒有用的，我只能讓你實際看看我家的菊苗，除此之外別無他法了。」

「說的也是。」少年冷靜地給予首肯。才之助巴不得趕快帶他回家，無論如何，都得讓少年看到自家庭院種的菊花之後，發出「啊」一聲的驚嘆才行。「就這麼做吧，如何？」才之助為此煩躁不已，幾乎無法保持冷靜，「等一下就直接到我江戶的家裡吧，只要一眼就好，請務必答應。」

少年笑著說：「我可沒那個閒工夫。我趕著去江戶找份事做，不趕快找到不行。」

「沒這種事，」才之助已經是騎虎之勢，趕緊接著說：「你先到我家裡來，好好休息一下再找也不遲啊，你一定要來，一次就好。」

「這可麻煩了……」少年臉上沒了笑容，一臉嚴肅地認真思考著，兩人沉默地走了一段路，少年又忽地抬起頭說：「我是沼津人，名叫陶本三郎。自幼父母雙亡，和家姐兩人相依為命。這次家姐突然跟我說她討厭沼津了，無論如何都想盡快搬到江戶，於是我們便收拾行囊踏上旅途，現在正是在往江戶的途中。即使到了江戶，我們也無處可去，這一路都很不安，因為我也不討厭菊花，所以才不小心和你聊了起來，浪費了不少時間。仔細想想，現在根本就不是我能和你悠閒談論菊花的時候。就到此為止吧，請你忘記這件事，那麼，我們就此告辭。」少年用哀愁的口吻說著，向才之助點頭致意，轉身要再度上馬時，才之助緊緊抓住少年的衣袖，說：「等一下，既然這樣，你就更應該到我家來，我雖然很窮，但照顧你們這點小事是還做得到的。就這樣吧，別再煩惱了，交給我吧。不過，你說你跟姐姐一起來，你姐姐在哪？」

才之助向後方看去，這才發現，在瘦馬的後面有一位穿著紅色旅裝的姑娘，因為被瘦馬給擋住了，所以剛才一直沒發現，才之助不由得臉紅了起來。

才之助的盛情難卻，姐弟二人於是便答應先借住在向島才之助家的陋屋之中。到了才之助家裡才發現，他家還真不是普通的窮，比才之助先前說的要嚴重多了，姐弟二人望著彼此的臉嘆了一口氣。才之助倒是一臉輕鬆，還沒換下旅裝，就急著帶他們欣賞自家的菊花田，很自豪地解說著，還將菊畦中央的小倉庫讓給姐弟二人，當做他們暫時的居所。才之助平時起居的主屋，因為髒亂無比，連站立的地方都沒有，幾乎呈荒廢狀態，他一直以來都睡在這個小倉庫裡，所以，跟主屋比起來，小倉庫算是舒適多了。

「姐姐，這下可糟了，我們不小心叨擾到一位很誇張的人呢。」陶本家的弟弟一面在小倉庫裡卸下旅裝，一面小聲地對姐姐說。

「不會的，」姐姐微笑說道，「他不管事反而是好事啊。他的庭院也很廣大，之後你就去幫他種一大片上等的菊花，當作是報恩吧。」

「難道姐姐妳打算在這裡長住？」

「是呀，我喜歡這裡。」說著，姐姐也臉紅了起來。這位小姐大約二十歲左右，皮膚就像快要溶化一樣，十分白皙，身材也很孅細。

隔天一早，才之助和陶本家的弟弟突然吵了起來。原來是因為這對姐弟一路上輪流騎乘而來的那匹老瘦馬不見了，前一晚明明綁在菊畦旁，今早才之助起床，想看一下菊花田的狀況，來到菊花田後竟發現馬不見了，而且，才之助巡視完菊花田，發現大部分的菊花都被吃得一塌糊塗，菊畦變得亂七八糟。才之助大吃一驚，跑去猛敲小倉庫的門。陶本家的弟弟馬上出來應門。

「怎麼了，有什麼事嗎？」

「你看看我的田，你們那匹瘦馬把我的菊花田弄得亂七八糟的。啊啊，我乾脆死了算了。」

「原來是這樣。」少年依舊十分冷靜，「所以呢？我的馬怎麼樣了？」

「什麼馬，那不重要吧？不過是逃走了嘛。」

「那就可惜了。」

「你在說什麼？那匹瘦馬不見，有什麼好可惜的。」

「說牠是瘦馬就太過分了，牠可是一匹十分機靈的馬，菊花田什麼的無所謂啦，你快來幫我一起找牠吧。」

「你說什麼？」才之助臉色發白，大聲叫著，「你竟然敢侮蔑我的菊花田？」

陶本家的姐姐此時從小倉庫裡走了出來，臉上還帶著笑容。

「三郎，快向人家道歉。那種瘦馬不足為惜，是我讓牠逃走的。比起找馬，你快幫人家整理這片被糟蹋的菊花田才是要緊事。這不是個報恩的好機會嗎？」

「什麼嘛，」三郎深深嘆了一口氣，小聲說著：「原來妳早就打算好了啊。」

弟弟心不甘情不願地整理起菊畦。不論是被啃得亂七八糟的葉子，還是被踩得快枯死的菊花，三郎都一一重新栽植，那些菊花一下子就恢復了生氣，花莖飽含水分，花蕾非常柔軟，萎縮的葉脈也彷彿有了脈動，一枝枝都筆挺著。才之助暗自吃驚，但他是養菊名士，是有自尊的，所以只在一旁搔著縕袍②的領口，努力裝作不為所動的樣子，「嗯，繼續給我好好做啊。」才之助說完這句話便逕自走回主屋，蓋上棉被躺下，假裝要休息，卻又馬上起身，從木格窗後偷看。菊畦裡的菊花，幾乎全都起死回生了，直挺挺地站在田裡。

是夜，陶本三郎笑著走到主屋來，「今天早上的事真是非常抱歉，有件事想跟您商量。雖然很冒昧，但就我們看來，您的生活似乎過得不是很好。所以我和家姐討論了一下，您願意將一半的菊花田借給我嗎？我幫您栽種上等的菊花，然後再拿到淺草附近去賣，您意下如何？我想幫您種出又大又漂亮的菊花。」

才之助還在因為今天早上養菊的自尊心被傷害一事而不開心，「恕我拒絕。你還真是個卑劣的男人呢。」才之助逮到這個機會，一面賊笑著用輕蔑的語氣說，「唉呀，真是太令我意外了。原本我以為你是個高雅的風流之士，卻想將敝人心

② 冬季時所穿著的寬袖棉袍。

愛的菊花拿去販賣，以換得柴米油鹽等等物資，這萬萬不可，等於是對菊花的羞辱。用敝人高尚的興趣換取金錢，這是多麼骯髒的事啊，恕我拒絕。」才之助說話的語調就像武士一樣。

三郎被他惹怒，也改變了語調，「用上天賦予自己的實力換得米鹽等物資，絕對不是貪圖財富的惡業。如果覺得這件事太低俗而輕蔑它，那就大錯特錯了，那是不知世事的紈絝子弟才會說的話，太自以為是了。人當然不能過分追求金錢，但如果拿貧窮來說嘴，就會令人討厭了。」

「我什麼時候拿貧窮來說嘴了？我多少還有一點祖先留下的遺產，夠我一個人生活，我也不奢求更多的財富，不用你多管閒事。」

兩人又開始吵架了。

「你真是冥頑不靈！」

「你說我冥頑也行，說我是紈袴子弟也無所謂。總之，我會和我的菊花禍福與共。」

「我知道了。」三郎苦笑著答應他。「對了，還有另外一件事。在那間小倉庫後頭有十坪大的空地，可以暫時借給我們嗎？只要那塊地就夠了。」

「我不是個吝嗇的人。只有小倉庫後面的那塊空地不夠吧？我的菊花田裡還有半塊地什麼都沒種，那一半也借給你吧，請隨意使用。我醜話先說在前頭，有著『想把種好的菊花拿去賣』這種居心的人，我是不會和他來往的。所以，從今天開始，我就當你是陌生人。」

「知道了。」三郎顯得非常不耐煩的樣子。「那就如您所說，半塊田就借給我們。還有，小倉庫後面有些零散的菊苗丟在那裡，也請把那些讓給我吧。」

「這種小事就不用一直講了。」

結果，兩人還是不歡而散。隔天，才之助很快就把田地分成兩半，在兩塊田的分界線上築起高高的籬笆，使兩邊看不到彼此，兩家就此絕交。

不久之後，到了深秋時節，才之助田裡的菊苗都開出了漂亮的花朵，使他開始在意起隔壁的狀況，某一天，才之助終於忍不住，偷看了隔壁的田地，嚇了一跳。整片菊畦裡都滿滿盛開著從未見過的碩大菊花，那間小倉庫也整修得乾乾淨淨，變成了一間很別致的房子，看來相當舒適。才之助心中波濤洶湧，論菊花的栽種，才之助很明顯地輸了，而且對方還蓋了一間漂亮的房子，一定是賣了菊花，得了大把大把的銀子蓋的，真是缺德。不知道是憤慨還是嫉妒，各種不同的情感在才之助心中激盪著，他打算給對方點顏色瞧瞧，於是忍無可忍，爬過籬笆，闖入隔壁的菊花田。他發現這些菊花長得一個比一個好，花瓣的質地很厚實，每片花瓣都像是努力向外伸展一樣開得很大，花朵隱隱顫抖，彷彿拼了命似地盛開著。再仔細一看才發現，原來這些都是當初丟在小倉庫裡的零散菊苗開出的花。

「唔。」才之助不自覺發出驚訝的聲音時，從背後傳來呼喚的聲音。「歡迎，我們正等著你大駕光臨呢。」才之助茫然地回過頭，看見陶本家的弟弟站在那裡。

「我輸了。」才之助自暴自棄似地大聲說著，「我是個堂堂正正的男人，所以就算輸了，我也會乾脆地承認我輸了。請你收為我徒吧，過去的事情，還請一筆——」說著，才之助撫著自己的胸口，向三郎低頭，「還請一筆勾銷吧。但是我——」

「不，請別再說下去了。我的確不像您有精神潔癖，如您所推測的，我的確賣了一部分的菊花，但是，請別就此輕蔑我。家姐也一直掛念這件事，但我們也是很努力的，我們不像您，有先祖的遺產可以依賴，如果不賣菊花，我們就要餓死在路邊了，還請您寬恕。趁著這個機會，讓我們言歸於好吧，以後還請多多指教了。」

看著眼前垂頭的三郎，才之助也同情起他們來，「不不不，您這麼說我怎麼敢當。我怎麼會討厭你們姐弟呢，再說，以後您就是養菊的老師啊，我還希望您以後可以教我很多養菊的知識呢，應該是我要請您多多指教才對。」

兩人就此達成和解，田中間的籬笆也拆掉了，但兩家在恢復往來以後，仍不時惹起紛爭。

「你的養菊方法，似乎還有秘密沒對我說。」

「沒這種事，我已經把我知道的全都告訴你了，接下來就是指尖的神奇力量了。這對我來說是下意識的動作，所以我也不知道該如何言傳，說不定這就是才能的差別吧。」

「也就是說，你是天才，我是蠢才，不管怎麼教，我都學不會囉？」

「你這麼說讓我很為難啊。也許是因為，我是靠賣菊花賺錢的，如果不把這些菊花養好，就沒飯吃了，是用這種孤注一擲的心情在養菊，所以花才會開得又大又美吧。而你只是因為興趣而養菊，只是為了滿足自己的好奇心和自負而已。」

「是嗎？可是我也有說過要把菊花拿去賣。你老是對我使這種骯髒的手段，都不會覺得羞恥啊？」

「你才沒說過那種話。你為什麼老是這樣子呢？」

不管怎樣，兩人就是沒辦法和好。陶本家越來越富有，隔年正月，在完全沒有問過才之助意見的情況下，就突然叫來木工，把家裡翻修成一間豪邸。豪邸的一端，和才之助的茅屋幾乎緊貼著。才之助又開始想要和鄰家絕交了。

某日，三郎一臉嚴肅地跑來找才之助，以一種被逼急了的語氣對才之助說：「請和家姐結婚。」才之助瞬時紅了雙頰。一開始瞥見他姐姐時，就對她那溫柔清純的形象念念不忘。雖然如此，但還是因為男人的意氣用事而開始吵架。

「我沒有足夠的聘金，所以沒有娶妻的資格。你們現在可是有錢人家了呢。」才之助故意用諷刺的口吻說。

「沒關係的，大家都像您一樣，而且家姐從一開始就有此打算了，所以不用聘金，您只要直接搬來我們家就可以了，家姐是愛慕您的。」

才之助拼命想要壓抑內心的激動，「不不不，這件事就算了吧。我有我自己的家，要入贅的話就免了。我也老實說吧，其實我並不討厭你姐姐，哈哈哈哈。」才之助故作豪爽地笑說：「但是，請你回去跟你姐姐這樣說：『對一個男人來說，作入贅婿是最羞恥的事，恕我拒絕，但如果她不排斥清貧人家的話，我隨時歡迎。』」

兩人又不歡而散。但是那天晚上，有一隻淺白色的蝴蝶乘著風，悄悄飛進才之助那髒兮兮的寢室裡。

「清貧啊，我不討厭哦。」說完，忍不住笑了出來。蝴蝶化作一位姑娘，姑娘的名字，叫做黃英。

兩人暫且就在才之助的茅屋一起住下，但黃英在茅屋的牆上開了一個洞，也在緊貼著茅屋的陶本家牆上開了個洞，如此便可以自由往返兩家。此後，如果有什麼需要的東西，黃英都慢慢從自己家搬到才之助家裡。才之助對此事相當在意。

「真傷腦筋，這個暖爐，還有這個花瓶，不都是妳家的東西嗎？丈夫用妻子從娘家帶來的東西，實在是很沒面子。妳別再拿東西過來了。」才之助斥責著黃英，但黃英只是淺淺笑著，之後還是一點一點把東西拿過來。自視為清廉之士的才之助，作了一本大帳簿，寫著「左列各物為一時保管之物」，上面一項一項記載著黃英拿來的物品。但是後來，已經到了身邊所有物品都是黃英拿來的地步了，要是一項項記載，好幾本帳簿也不夠寫。才之助終於絕望了。

「拜妳之賜，我總算變成一個吃軟飯的丈夫了。對男人而言，靠妻子讓家裡變得富裕，是最不名譽的事。我維持了三十年的清貧生活，都因為你們而毀於一旦。」某天夜裡，才之助發出深深的感嘆，吐了一堆苦水。

黃英也露出一臉哀傷的表情，「或許真是我的錯，但我只是想要報答你的恩情，才會費盡苦心走到今天，我沒想到你對清貧之志竟然有如此深的執念。那好，就把這個家裡的所有東西，還有我們剛蓋好的新家全都賣掉吧，賣得的錢你就拿去，隨便你想做什麼都可以。」

「別說蠢話了，我是那種會拿不潔之財的人嗎？」

「那你說該怎麼辦？」黃英用哭聲說著：「三郎也是為了報答你的恩情，每天費盡心力養菊，不眠不休地把菊花分送到每戶人家，好不容易才存了錢。到底該怎麼辦才好呢？你和我們的思考方式，終究是天差地別啊。」

「除了分開，別無他法了。」因為才之助說了重話，只好繼續說出更重的話，彷彿吃了秤坨鐵了心一般宣告著：「清者自清，濁者自濁，我們只好各走各的路了。我沒有命令他人的權利，既然如此，那麼就讓我搬出這個家吧。從明天起，我就在菊畦旁蓋一間小屋，繼續享受我的清貧生活。」

最後變成了這種愚蠢的結果。但大丈夫一言既出，駟馬難追，隔天一早，才之助立刻在庭院一隅蓋起簡陋的小屋，繭居其中，一邊因酷寒而顫抖，一邊努力維持正座[3]。但是，只過了兩個晚上，便因為受不了寒冷，而結束清貧生活，第三天晚上，才之助跑去輕敲主屋的木格窗。從木格窗後，看見黃英蒼白的臉上露出笑容，說：「你的潔癖，終於也撐不下去了呢。」才之助深深感到羞恥，從那之後，他再也沒說過一句逞強的話了。

就在墨堤[4]旁的櫻花初綻時，陶本家的建築終於全部完工，並且和才之助家緊密接連著，再也分不出兩家的區隔了。才之助現在也不太管事，全都交給黃英和三郎，只顧著和鄰居下將棋。某日，一家三口到墨堤賞櫻，選了一個野餐的好地方吃起便當，才之助喝著自己帶的酒，同時也向三郎勸酒，姐姐黃英一直用目光告誡三郎不許喝酒，但三郎卻還是接下了酒杯。

「姐姐，就讓我喝吧，我現在已經能夠放心地喝酒了。現在家裡變得很富裕

③ 背脊打直，抬頭挺胸，很端正的跪坐。

④ 今東京都墨田區中西部的位置有隅田川流經，隅田川旁的河堤名叫墨堤，是著名的賞櫻景點，現今每年三至四月都有墨隅櫻花祭的活動。

了，即使我不在，家裡的錢也夠姐姐和姐夫一生享用。養菊之類的東西，我已經膩了。」三郎一邊胡亂說著，一邊喝酒，不久便醉倒在一旁。之後，三郎的身體開始慢慢溶化，最後化作一絲煙縷，僅剩衣服和草鞋留在原處。才之助驚愕不已，抱起三郎的衣物，在底下的土地上看見一株水嫩的菊苗。才之助這才發現，陶本姐弟二人不是人類，而是菊精。但現在的才之助，對三郎的才能感服不已，也仍然愛著黃英，所以知道他倆不是人類後，並沒有厭惡之情。痛失手足的黃英，也依然和才之助在一起。至於那株三郎化成的菊苗，則被移植到庭院裡，到了秋天時，開了朵淡紅色的花，在菊畦裡十分顯眼，走近一聞，還能夠聞到酒的香氣。至於黃英是否安好？原文寫的是「亦無他異」，也就是說，黃英到老都始終維持著普通的女體。

取材自《聊齋誌異》〈黃英〉

初刊：昭和十六年一月一日發行之《新潮》雜誌第三十八年第一號「創作特輯十三篇」專欄

竹青

新曲聊齋誌異

從前，在湖南的某郡邑，有一位名叫魚容的窮書生。不知道是什麼原因，自古以來書生一定都是貧窮的。這位魚容君的家世並不低賤，生得眉清目秀、容姿煥發，也有許多高雅的興趣，雖然還不到好讀如好色的程度，總之他自幼便立志於神妙的學問之道，自始至終都沒有偏離此道，但不知為何，福運始終沒有降臨在他身上。少時即父母雙亡，輾轉於各個親戚家中，財產瞬間就被瓜分得一點不剩，現在所有親戚都待他如敝屣，只有一位愛喝酒的伯父，在喝得爛醉的時候，硬是把家中一位又黑又瘦、沒讀過書的婢女許配給魚容，伯父旁若無人地說：「你們就結婚吧，也是段良緣啊。」事情就這麼定了。魚容雖然感到非常困擾，但這位伯父也算是有養育之恩的親人，正所謂「親恩深似海」，因此無法拒絕這位醉漢無禮的安排，只好忍住眼淚，帶著深深的挫折感，迎娶比他年長兩歲的乾瘦醜女。有傳聞說，這醜女是愛喝酒的伯父的小妾。她人長得醜就算了，但就連心地也很醜惡。她徹頭徹尾地輕視魚容的學問，聽到魚容嘴裡唸著「大學之道，在止於至善」[①]，她就哼哼地笑說：「比起什麼止於至善，止於金錢、止於別人請客的豪華宴席才是費工夫的事呢。」然後用很厭煩的口氣說：「麻煩你把這些全部拿去洗。你多少也該幫忙做點家事吧。」說完便盯著魚容看，一邊把女性的貼身衣物全都丟給他。魚容抱著這些衣物走到河邊，小聲吟出「馬嘶白日暮，劍鳴秋氣來」[②]，感懷生活在這裡連一點有趣的事也沒有，即使身在故鄉，卻彷彿是天涯孤客一般孑然，十分空虛，於是便在河原上遊蕩著。

「再這樣繼續下去，過著悲慘的生活，就太對不起偉大的祖先們了。我也已經三十歲，是而立之年了。好！我要奮發起來，努力獲得響亮的名聲！」魚容下定決心，跑回家賞了老婆一拳，然後飛奔而出，帶著滿滿的自信參加鄉試。但大

---

① 出自《禮記．大學》：「大學之道，在明明德，在親民，在止於至善。」

② 原為唐詩，呂溫〈鞏路感懷〉：「馬嘶白日暮，劍鳴秋氣來。我心浩無際，河上空徘徊。」

概是貧窮生活過得太久，時常處於饑饉狀態，所以一時無力，寫出來的答案毫無條理可言，想當然爾是落第了。在返回故鄉那頹圮老家的途中，踩著沉重的步伐，心中的悲哀無以名狀，再加上肚子餓，已經沒力氣繼續走了，於是就爬進洞庭湖畔的吳王廟廟簷下，咕咚一聲倒在地上。

「唉，這個世間，就只是讓人痛苦的地方而已。像吾人自幼便獨善其身鑽研古聖賢之正道，學而時習之，雖然無朋自遠方來，但我每日每夜，忍受著多大的侮辱，發憤參加鄉試，可是卻失敗了。難道世上就只有那些厚臉皮的惡人能得道，像吾人如此含蓄的窮書生就只能當永遠的敗者，被世人嘲笑嗎？揍了老婆一拳然後爽快地離家固然是很好，但現在落第了要回家，不知道會被老婆罵成什麼樣子。唉，死了算了。」魚容因為過度疲勞，陷入意識矇矓的狀態，做出和學習君子之道者該有的行為大相逕庭的事，不斷口出惡言，詛咒這個人世，一面感嘆自身的不幸，眼睛瞇成一條小縫，碰巧看見天空中有一大群烏鴉飛過，便小聲地說：「烏鴉沒有貧富之分，真是幸福啊。」說完，便閉上了眼。

這間位在湖畔的吳王廟，祭祀的是三國時代的吳國將軍甘寧，將之尊稱為吳王，並奉為水路的守護神，因為十分靈驗，所以湖上往來的船隻經過這間廟時，船夫必定會恭敬一拜。在廟旁的樹林裡，還有數以百計的烏鴉棲息，每當看見有船靠近，便會一齊飛出，「嘎、嘎、嘎」地叫著，在船桅上盤旋飛舞，船夫們都將這些烏鴉視為吳王的使者，所以非常尊敬牠們，會丟羊肉片給牠們吃。肉片丟到空中，烏鴉便迅速飛來啣走，從來沒有失敗過。身為落第書生的魚容，看見這一大群烏鴉使者在空中愉快地飛旋著，不斷用哀傷的語氣喃喃自語：「烏鴉真幸福啊」，就在這半夢半醒之間，有一位黑衣男子輕輕將他搖醒。

魚容似乎還沒完全清醒，迷迷糊糊地回答：「啊，真抱歉。請不要生氣，我不是可疑的人，但請讓我在這裡再睡一下，請不要生氣。」魚容從小就在被人責罵的環境下長大，養成了某種怯懦的個性，只要見到人，就下意識覺得對方會罵自己，在這時候也是，魚容一邊翻過身去，一邊像夢囈般說著「抱歉、抱歉」，然後又闔上眼。

「我不是要罵你。」黑衣男用破到不可思議的聲音對他說，「我是來傳達吳王大人的命令的。既然你這麼討厭這個人世間，還羨慕烏鴉的生活，剛好現在黑衣隊還缺一個人，所以就錄用你來補缺額，吳王大人是這麼說的。把這黑衣穿上。」說完，便將一件薄薄的黑衣輕蓋在躺著的魚容身上。

一瞬間，魚容就變成了一隻雄烏鴉。他眨巴眨巴地張開眼睛，站起身來，發現自己停在廟簷下的欄杆，羽毛搔著鳥嘴，張開翅膀，有些不穩地起飛，正好飛在來往於湖上、沐浴著夕陽的船隻上頭，他混在一大群嘈雜著要肉片的神烏當中，一下往左一下往右，熟練地用嘴接住船夫丟出來的肉片，馬上感受到此生從未有過的飽足感。他飛回岸邊的樹林，停在樹梢上，用鳥嘴磨擦樹枝，眺望著金黃色的夕陽餘暉滿滿地照映在洞庭湖面，坦蕩蕩如君子般吟出感懷的詩句：「秋風飄飛，浪花千片黃。」③

「這位大人，」耳邊響起青澀的女聲，「您還滿意嗎？」轉頭一看，有一隻雌烏鴉和自己站在同一根樹枝上。

「不好意思。」魚容向她作揖行禮，「因為可以遠離喧囂的塵世，覺得很輕鬆愉快。請不要生我的氣。」魚容又說出了他的口頭禪，加了這樣不必要的一句話。

「我都明白。」雌烏平靜地說，「您是吃了不少苦才好不容易走到今天的吧，我也感同身受。不過，都已經過去了，因為有我在啊。」

「冒昧請教，您是？」

「哎呀，我、我只是一個陪伴在您身旁的人啊。請儘管吩咐我，要我做任何事都可以，您只要這樣想就可以了。還是，您不願意？」

「不是的，」魚容一臉狼狽，無地自容，「我已經娶妻了。君子慎荒淫，妳分明是在誘惑我走上邪道。」

「好過分啊，難道您以為我是個好色、輕率的女人，所以才向您搭話？太過分了。這都是吳王大人親民的一番好意，為了慰勞您，才派我來的。這裡不是人間，所以您大可以忘掉您在人間的那位妻子。也許您的妻子是個非常溫柔的人，但我會盡全力照顧您，不會輸給她的。我會讓您知道，烏鴉的節操比人類的節操更高尚。或許您不願意，但從今以後，請讓我跟在您的身邊。我名叫竹青。」

魚容被竹青的情意打動，說道：「謝謝妳。其實我在人界遭逢許多艱辛，變得疑神疑鬼的，無法乾脆地接受妳的好意，抱歉。」

「哎呀，您用字這麼慎重，這樣太奇怪了，因為從今天起，我就是您的人了。

③ 可能取自白居易詩〈江樓晚眺，景物鮮奇，吟玩成篇，寄水部張員外〉中此二句：「風翻白浪花千片，雁點青天字一行。」

這樣吧，少爺，用餐過後要不要稍微散個步呢？」

「嗯，」魚容故作莊重的樣子首肯答應，「妳帶路吧。」

「那麼，請跟我來。」竹青倏地起飛了。

嫋嫋秋風撫過羽翼，洞庭煙波盡收眼下，眺望遠方可以見到岳陽城的屋瓦，在落日的照映下絢爛奪目，再轉眼而望，可以見到彷彿用丹青翠黛在洞庭玉鏡上畫出的一點君山④，瞻望湘神⑤的面容。身穿黑衣的新婚夫婦啞聲鳴叫，兩人前後相伴，無憂無愁、無惑無懼，隨心所欲地飛翔，飛累了，就停在歸船的桅檣上，收起翅膀並肩站著，或相視而笑。日暮之時，共賞洞庭湖上皎皎秋月，一面飄然飛回巢中，羽翼相疊，依偎而眠。早晨兩人一起在洞庭湖中沐浴漱口，如果看見有船靠近岸邊，兩人便一同飛起，享用船夫供獻的早餐。竹青嫁作新婦，仍十分羞澀，終日陪伴在魚容身旁，如影隨形，溫柔、仔細地照顧他，身為落第書生的魚容，終於可以一掃這大半生的不幸。

某日午後，已經完全融入吳王廟神烏群之中的魚容，在湖面上往來眾船的船桅上嬉戲。此時，一艘滿載兵士的大船經過，其他烏鴉察覺，告訴魚容：「那艘船很危險，快逃吧！」竹青也急得大聲鳴叫，但魚容這隻神烏，還耽溺在可以自由飛翔的喜悅之中，得意忘形，故意在軍船上盤旋，一名士兵惡作劇般朝魚容射箭，咻地一聲，箭矢貫穿了魚容的胸口。正當魚容如落石般下墜之際，竹青閃電般飛來，啣住魚容的翅膀將他救起。瀕死的魚容躺在吳王廟的廟簷下，竹青流淚拼命地照料他，但傷勢太過嚴重，竹青眼見無法起死回生，便高聲地發出一聲悲鳴，聚集了數百隻同伴，同時飛出襲擊軍船，並且用力拍打湖面，激起大浪，振翅的聲音響徹雲霄，瞬間就使軍船翻覆，替魚容報了一箭之仇，大群的烏鴉像要故意震撼湖面一般，大聲唱起凱歌。竹青急忙返回魚容身邊，貼近魚容耳旁說：

「你聽見了嗎？你聽見同伴們為你唱的凱歌了嗎？」

魚容的傷口劇痛不已，幾乎快要氣絕，已經看不清的雙眼努力睜開一條小縫，正要開口叫喚竹青時，卻忽地睜眼回神，發現自己還在人間，也依然是窮書生的

---

④ 這兩句取自李白詩〈陪族叔刑部侍郎曄及中書賈舍人至遊洞湖五首〉之五中此二句：「淡掃明湖開玉鏡，丹青畫出是君山。」

⑤ 湘水之神。這幾句取材自《楚辭．九歌》〈湘君〉〈湘夫人〉內容。

穿著，躺在吳王廟的廟簷下，最不可思議的是，肚子竟然一點都不餓。斜陽的光輝映照在眼前的一片楓林上，林間有數以百計的烏鴉，放肆地嬉鬧鳴叫。

「你清醒了嗎？」身旁一位穿著像農夫的老爺爺，笑著問魚容。

「請問您是誰？」

「我只是這附近的一般百姓，昨天傍晚我經過這裡，看到你像死了一樣熟睡著，還不時微笑。我大聲叫你，抓著你的肩膀想把你搖醒，也還是一樣熟睡，我就先回家了，但還是很擔心，所以又回來看看你的狀況，直到你清醒為止。我看你臉色不太好，是不是哪裡不舒服？」

「不是的，我沒有生病。不好意思。」魚容又犯了他的道歉癖。他起身坐直，鄭重地向農夫行禮。「說來真是丟臉，」然後便開始將之前他為何倒在吳王廟廟簷下的來龍去脈告訴了農夫，接著又說了一次，「不好意思。」

農夫聽了很同情他，從懷中取出荷包，拿出一些錢給魚容。

「世間萬事乃塞翁之馬，打起精神來，準備東山再起吧。人生七十年，什麼事都有可能碰到。人情反覆無常，就像洞庭湖的波瀾一樣啊。」農夫說完，便瀟灑離去。

魚容以為還在夢裡，所以只是坐在原地，呆呆地望著農夫離去。他回過頭，看見楓樹的樹梢上停了一大群烏鴉，魚容大叫：「竹青！」烏鴉受到驚嚇，馬上全部飛起，在魚容的頭頂上大聲鳴叫，盤旋一陣之後，便迅速地往湖的方向筆直飛去。魚容仍然呆坐著，彷彿什麼事都沒發生一樣。

那果然只是夢啊，魚容如此想著，悲傷地搖了搖頭，嘆了一大口氣，便無力地往家鄉走去。

故鄉的人們看到魚容歸來，並沒有露出特別欣喜的表情；冷酷的妻子更是一看到魚容，就馬上命令他去幫忙搬運大石到伯父家的庭院裡。魚容忙得汗流浹背，從河原上又推又拉又扛，把大岩石搬到伯父家的院子裡。

「貧而無怨，難。[⑥]」魚容不禁如此感嘆，還吟了一句，「朝聞竹青聲，夕死可足矣。[⑦]」十分懷念洞庭一日夫妻時的幸福生活。

---

⑥ 出自《論語・憲問第十四》。

⑦ 改自《論語・里仁第四》，子曰：朝聞道，夕死可矣。

伯夷叔齊不念舊惡，怨是用希⑧，這位魚容君也是，因為他是個志在君子之道的高尚書生，所以對不近人情的親戚，也會努力讓自己不憎恨他們，也不忤逆沒念過書的某大姐，一如往常親近古書，培養閑情雅趣，但終究還是忍受不了身邊眾人對他的藐視輕蔑，於是，到了第三年的春天，他又揍了老婆一拳，吐出一句「你們等著瞧！」然後抱著凌雲壯志，再度前往應試，但又再度名落孫山。這下子，他已經徹底變成了一個沒用的人。歸途中，又經過了充滿回憶的洞庭湖畔，魚容繞進吳王廟，睹物思情，悲傷的情緒在這情境下似乎也被放大數千倍，他不禁在廟前放聲大哭。他將懷中所剩不多的錢全部花光，買了羊肉撒在廟前供養神烏，他望著從樹上飛來啄肉的群烏，一邊想著「竹青應該在牠們之中吧」，但天下烏鴉一般黑，他連雄雌都無法分辨。

「哪位是竹青？」

魚容這麼問著，但沒有一隻烏鴉搭理他，大家都在專心拾肉，但魚容仍不放棄，「如果竹青在這之中的話，請妳留到最後。」魚容滿腔思慕之情全都寄於這一語中了。漸漸地，肉被吃光了，烏鴉三兩成群地飛走，大多數烏鴉都飛走之後，只剩下三隻還在找尋地上剩餘的肉屑，魚容望著最後這三隻烏鴉，緊張得心噗通噗通地一直跳，手心也冒出汗來，三隻烏鴉吃到最後，發現肉都吃光了，就毫不留戀，啪地振翅飛走了。魚容頓失氣力，感到一陣暈眩，但又無法乾脆地離開傷心地，便坐在廟廊，眺望春霞煙氳的湖面嘆氣：「是啊，連續兩次落第，我還有什麼臉回去故鄉呢？我也沒有活下去的價值了。聽說春秋戰國時代的屈原，一邊叫著『眾人皆醉我獨醒』，一邊投進這個洞庭湖中。我看我也跳進這個充滿回憶的洞庭湖算了，或許竹青發現我死了還會為我流淚。這世上真正愛著我的，只有竹青而已，其他人都是充滿私慾的妖魔鬼怪。三年前那個老爺爺對我說什麼世間萬事乃塞翁之馬，想要鼓勵我，但都是謊言罷了。天生就不幸的人，不管過了多久都還是只能在不幸的深淵裡掙扎，這就是所謂的知天命吧。唉，死吧，只要有竹青為我哭，這樣就夠了，我別無所求了。」應該窮極古聖賢之道的魚容，也承受不了失意的憂愁，已經有了今夜就葬身此湖的覺悟。過了不久，天完全黑了，滿月的皎潔光輝似乎都要溢出輪廓一般，洞庭湖一片白茫，分不出天空和湖面的

---

⑧ 出自《論語・公冶長第五》。

界線，平坦的沙岸像白天一樣明亮，柳枝吸飽了湖水的水氣而垂掛著，往遠方望去，可以看見桃花林裡萬朵桃花綻放，像下著花雨一樣，偶爾有微風穿過桃林，像天地的嘆息。多麼寧靜的良夜春宵。一想到這是在世上看到的最後一幅風景，魚容不禁淚濕滿襟，當魚容不知從何處聽到夜猿悲鳴，把他的愁思帶到了最高峰時，突然從背後聽見啪躂啪躂拍翅的聲音。

「別來無恙否？」

魚容回頭一看，一位明眸皓齒、年約二十出頭的美人，身上浴著月光，站在那裡笑著。

「請問您是哪位？不好意思。」總之先道歉就對了。

「真討厭，」美人輕拍魚容的肩膀，「你把竹青給忘了嗎？」

魚容驚訝地站起身來，雖然還是有些遲疑，但馬上就覺得這不重要了，然後抱著美女的雙肩。

「放開我，你抓著我，我的呼吸都要停了。」竹青笑著說，巧妙地躲開魚容的手，「我哪裡也不會去，我這一生都會待在你身邊。」

「拜託妳！哪裡都不要去！本來我今晚都已經打算要投身湖中了。這些日子妳到底在哪裡？」

「我在遙遠的漢陽。上次和你分別以後，我就離開此地，現在是漢水的神烏。剛才吳王廟這兒的老朋友告訴我你來了，所以我趕忙從漢陽飛過來。你喜歡的竹青，現在來到你面前了，所以，不准再想赴死這種恐怖的事了。你好像也瘦了點呢。」

「連續兩次都落第，當然會變瘦。要是就這樣回到故鄉，不知道又會發生多慘的事。我真的是徹頭徹尾討厭這個人世間。」

「因為你一直認為只有故鄉是你的人生，所以才會如此痛苦。人間到處是青山，你們這些書生不是常常這樣吟唱著嗎？你就跟我一起到我漢陽的家吧，就算是一次也好。這樣你應該就會覺得活著是件好事了。」

「漢陽啊，真是遙遠。」兩人沒有特地開口，就默契十足地一同走出廟廊，在灑滿月光的湖畔散步。「古云：父母在，不遠遊，遊必有方⑨，所以我還是不

---

⑨ 出自《論語・里仁第十九》。

便……」魚容一臉嚴肅地回答，像以前一樣，總是喜歡展現一下自己的學問及道德操守。

「你在說些什麼呢？你的雙親明明都已經過世了。」

「啊，原來妳都知道了。雖然如此，但故鄉還是有許多父執輩的親戚在，我無論如何都想讓那些親戚看看我出人頭地的英姿，因為那些人從以前就一直把我當成笨蛋看待。對了，不如妳跟我一起回故鄉吧，我想讓大家看看妳美麗的容顏，讓他們嚇一跳。無論如何，我想在故鄉的親戚們面前威風一次，要是能被故鄉的那些人尊敬，簡直就是人間最大的幸福，是終極的勝利。」

「為什麼你如此在乎故鄉人們的看法呢？只顧著要得到故鄉人們尊敬而鑽牛角尖的人，這不就是鄉愿嗎？論語裡可是寫著『鄉愿，德之賊』[10]的喔。」

魚容被反駁得完全敗下陣來，便豁出去似地說：「好，那就走吧，妳帶我去漢陽。逝者如斯，不捨晝夜。[11]」像是要隱藏他的羞愧一般，甚至說出了唐突的詩句，然後又啊哈哈哈地自嘲。

「你願意來嗎？」竹青欣喜若狂地說：「我太高興了。為了迎接你，我已經在漢陽老家做好準備了。你把眼睛閉上。」

魚容照著她說的話輕輕闔上眼，聽到啪躂啪躂拍翅的聲音，覺得自己肩上似乎被披上了薄衣時，身體就變得輕飄飄的，睜開眼睛一看，兩人已經變成雄雌兩烏，漆黑的羽翼在月光的投射下反照出美麗的光輝，兩人在沙岸邊輕輕邁步，伴隨著嘎、嘎、嘎的鳴叫聲，一同飛起。

在月下閃耀著白光的三千里長江洸洋東流，魚容看得如癡如醉，順著河流大約飛了兩個時辰，天也漸漸亮了起來，已經可以遠遠望見水都漢陽的屋舍磚瓦，在朝靄下靜靜沉睡著。晴川歷歷漢陽樹，芳草萋萋鸚鵡洲，一岸聳立著黃鶴樓，隔著長江與晴川閣對望……等等，隨著慢慢靠近漢陽，魚容一面說著這些舊事。江上帆影點點，匆忙來往，更往前進一點可見到大別山⑫的高峰，山麓有廣漫的月湖，更往北去只見漢水蜿蜒流向天際，東方威尼斯盡收眼底。

---

⑩ 出自《論語・陽貨第十七》。

⑪ 出自《論語・子罕第九》。

⑫ 中國湖北、河南、安徽三省交界處的一座山脈，為淮河和長江的分水嶺。

「日暮鄉關何處是，煙波江上使人愁[13]。」正當魚容吟著詩句正在陶醉之時，竹青回頭對他說：「來，已經到家囉。」竹青悠然地繞著圈圈飛，圈指著漢水中的一個小孤洲對魚容說。魚容也模仿她的樣子，繞著一個大圈圈飛，一邊俯望腳下的孤洲，綠楊結煙，芳草如茵，在沙洲的一角，有一間像人偶娃娃的住家一般精美小巧的房舍，房舍中走出五、六個看起來像豆子一樣大小的傭人，仰望天空，並揮手歡迎魚容到來。竹青用眼神向魚容示意，便夾緊雙翅，一直線地往家裡降落，魚容看了也趕緊追上，兩隻烏鴉降落在沙洲的青草原上時，彷彿是王子與公主一般，兩人互視而笑，在下人們的簇擁之下彼此依偎，返回精緻美麗的房舍。

竹青牽著魚容的手走到裡頭的房間。房間十分昏暗，只有桌上的銀燭在吐著白煙，窗前垂簾上的金線銀線閃著鈍光，睡床上擺了一張紅色的小桌，上頭放滿了美酒佳餚，似乎從數刻之前就在等著客人光臨。

「天還沒亮嗎？」魚容莫名其妙冒出煞風景的一句話。

「哎呀，討厭。」竹青紅著臉，小聲地說，「暗一點，比較不會害羞。」

「君子之道，闇然日章[14]，是嗎。」魚容苦笑道，「不過，古書上也寫著『素隱行怪』[15]不是嗎？應該開開窗，飽覽漢陽春天美麗的景色啊。」

魚容拉開垂簾，推開房間的窗，金黃色的晨光颯然而入，庭院裡桃花繚放，鶯啼百囀，搔動著耳朵，遠方被朝日照耀的漢水燦燦，河上小波躍然而起。

「啊啊，多麼美麗的景色，真想讓家裡那個老太婆也看一次這樣的景色。」魚容不經意地說，下一瞬間卻愕然而立。難道我還愛著那個醜老太婆嗎？心中響起這樣的疑問，忽然間不知何故，覺得有點想哭。

「果然，你還是忘不掉你太太呢。」竹青在一旁哀怨地說，幽幽地嘆了一口氣。

「不，沒這種事，她從來都不對我的學問感到敬重，還叫我洗穢物、搬庭院裡的大石，而且她還是我伯父的妾。總之，她沒有半點好的地方。」

「你說她沒有半點好的地方，對你來說，不也是你最珍惜、最懷念的嗎？在

---

⑬ 出自崔顥〈黃鶴樓〉一詩：「昔人已乘黃鶴去，此地空餘黃鶴樓。黃鶴一去不復返，白雲千載空悠悠。晴川歷歷漢陽樹，芳草萋萋鸚鵡洲。日暮鄉關何處是？煙波江上使人愁。」

⑭ 出自《禮記．中庸》。

⑮ 出自《禮記．中庸》。

你的心裡一定是這麼想的。任何人都有惻隱之心，不是嗎？不憎恨、埋怨、詛咒自己的妻子，一輩子同甘共苦生活著，這並不是你心目中真正的理想，對吧？你馬上離開這裡。」竹青一臉嚴肅，毅然決然地說出狠話。

魚容慌了手腳，「這、這太過分了吧，是妳誘惑我來的，現在又趕我走，太過分了。說我鄉愿什麼的來攻擊我、讓我拋棄故鄉的，不就是妳嗎？妳簡直就是把我當成笨蛋耍。」魚容如此反駁。

「吾乃神女，」竹青望著閃閃發亮的漢水，用更嚴肅的口調說：「你雖然鄉試落第，但在神的試驗中卻是及第了。吳王廟的神明偷偷命令我，試驗你是不是真的羨慕烏鴉的生活，因為變成禽獸才能感受到真正的幸福的人，是神明最討厭的，為了懲罰你，才讓你被箭射傷，返回人間，但你又再度祈求回到烏鴉的世界，所以神這次讓你遠行，讓你大大享樂，考驗你是否會沉溺在快樂之中而徹底忘卻人間世界，如果忘卻的話，將給予你極恐怖的刑罰，恐怖到我甚至說不出口。請你回去吧，你已經通過神的試驗了。人的一生，就是在愛恨中痛苦掙扎，沒有人可以遁逃，只能努力忍耐。雖然學問可能是如此，但盲目地追求脫俗就太卑劣了。請你更積極地愛這個俗世，恨這個俗世，一生都沉浸享受於其中吧，因為神最愛這種人了。我已經讓下人們去準備你的船了，請你坐那艘船回到故鄉吧，再見。」話音剛落，不只是竹青，就連樓舍、庭院全都消失了，只剩魚容一人呆立在河中的沙洲。

有一艘沒有船帆也沒有船楫的小舟往岸邊滑來，魚容彷彿是被吸上去的一樣上了船，小船就自動往漢水下游漂去，溯過長江，越過洞庭湖，在靠近魚容故鄉的一個小漁村的岸邊停下，魚容上了岸之後，這艘無人的小舟就自己往回滑走，隱沒在洞庭煙波之間。

魚容氣餒地回到家，不敢直接進家門，膽顫心驚地從後門外往陰暗的內部窺望。

「哎呀，你回來啦。」

「呀！竹青！」

「你在說些什麼呢？你到底去了哪裡？我在家裡等你，生了一場大病，發了很嚴重的高燒，都沒有人來照顧我，我好想你。從前我把你當傻瓜看待真的是錯了，我很後悔，你都不知道我等你等得多苦。高燒一直不退，全身都腫成紫黑色的，但我想這是因為粗魯對待你這麼一個好人的懲罰吧，是當然的報應，所以我也就不強求什麼，靜靜地等待死亡來臨，後來腫脹的皮膚都破了，流出好多綠色的水，忽然間身體變得輕盈許多，今天早上我照了鏡子，發現我的容貌完全改變了，變成了這麼一張美麗的臉，我高興得把生病這回事都忘了，從床上飛奔而出，開始打掃家裡，然後你就回來了，我真的好高興。原諒我嘛，我不只臉改變了，身體也全都改變了，而且，心也改變了。都是我不好，但是過去我做過的錯事，都隨著那些水從身體裡流走了，所以也請你忘記過去的事原諒我吧，讓我一生陪在你身邊。」

一年後，一名如珠玉般俊秀的男嬰誕生了，魚容將他取名為「漢產」，這個名字的由來連他最愛的老婆也不明白，和神烏的回憶一起在魚容心中成為一生的秘密。另外，以往時常自誇的「君子之道」，也從此不再提起，只是默默地繼續過著和從前一樣的貧窮生活，雖然一樣不被親戚們尊敬，但魚容也不特別介意，就這樣作為一介凡夫，隱埋在俗塵之中。

自註。這是一篇創作，希望可以讓中國的讀者們看看而寫下的。應作漢譯。

取材自《聊齋誌異》〈竹青〉

初刊：昭和二十年四月一日發行之《文藝》雜誌第二卷第四號（河出書房出版）「作品特輯」專欄

導讀

太宰治的翻案文本敘事：人性悲喜劇的「信念表白」

國立政治大學 日文系教授　黃錦容

以日本民間故事為素材所翻案改寫的《御伽草紙》，於第二次大戰甫結束之一九四五年十月發表。夾於戰時與戰後兩個時代分水嶺上的這部小說，可說是既無戰時明朗感受，亦無戰後的陰鬱氛圍。在判若輕妙的技法中，重疊著明暗兩種意象，是發揮了太宰治風格的翻案小說之一。正如與其同時代的小說家、兒童文學家豐島與志雄的「解說導讀」所言：

在民間故事的解讀上，太宰是甚為大膽的。不是逐一解釋。而是加以詮釋。在〈肉瘤公公〉故事中他觀看到性格的悲喜劇。在〈浦島先生〉中他觀看到龍宮空間中聖諦的神聖真理及無限的寬容，以及土產貝殼中蘊藏的歲月與忘卻。在〈喀嗤喀嗤山〉故事中，他觀看到兔子內在高傲毫無慈悲的美麗處女，以及狸貓身上善良魯鈍的貌醜中年男子。這些都不再是詮釋，它們是一種信念的表白。

我們在解讀此作之時，除了考證太宰立足於原典《宇治拾遺物語》或《日本書紀》之上，其如何醞釀出其幻想意味的創作力外，更須檢視東西方都具有雷同敘事內容的民間故事下，太宰其「信念的表白」之意涵何在之文本詮釋的問題。

在鎌倉時代之說話集《宇治拾遺物語》之「卷第一之二」中出現之「讓鬼摘除瘤的故事」中，是以「切勿羨慕任何事物」為結語。顯然是教訓意味的故事。在原典中特別值得注意的是，決定長著肉瘤的兩個老爺爺最終命運的是二人之跳舞技巧的巧拙，而非人格之善惡所致。亦即在原典中沒有出現一般民間故事中所見善惡對立的制式模式。而長瘤的老爺在乎憎恨長著肉瘤，期待能像愛喝酒的老爺爺般地讓鬼拿掉肉瘤的感受，是尋常任何人都會有的自然感情。如果因此而予以斷罪，言之為「羨慕事物」的行為，則未免過於苛刻。其所遭遇的不幸下場，來自於他無法正確認識自己的跳舞能力，亦即是缺乏自知之明的結果。而太宰所描繪的〈肉瘤公公〉中的老爺爺之所以失敗的原因，來自於「只是因為太緊張，跳舞跳得很奇怪，如此而已」。依據太宰的詮釋，「沒有誰是壞人」，「只是人性的悲喜劇」罷了。他的詮釋角度顯然沒有善惡兩立的角色設定。此點與原典是雷同的。而在格林童話中〈小矮人的禮物〉中，貪心的金匠與善良的裁縫二人，金匠因為貪婪而使得從矮人處所得的煤塊變成肉瘤；而善良知足的裁縫卻因獲得的煤塊變成金塊而成了大富翁。太宰所描繪之《御伽草紙》之整體書寫風格，除了〈肉瘤公公〉一篇之外，其他如〈浦島先生〉、〈喀嗤喀嗤山〉、〈舌切雀〉等，明顯可見的是老人們與動物的對照性以及動物與動物兩者間之對照性。

而如果將〈浦島先生〉與格林童話〈玫瑰公主〉相比較，其異同處又何在。

被報復的女巫獻上毒咒，公主在十五歲時被紡錘弄傷而昏睡了百年。這百年間整個王城的國王王后、馬廄的馬、院子的狗、屋頂的鴿子、牆上的蒼蠅也都跟著睡著了。所有的一切全都沉沉地睡去。而百年後造訪沈睡王城的王子，因他深情的一吻，讓玫瑰公主甦醒過來，城中的一切跟著甦醒。王子與公主舉行盛大的結婚典禮，就此白頭到老。〈玫瑰公主〉中雖然過了百年，但公主在昏睡期間仍然維持她十五歲的年輕貌美。這與〈白雪公主〉故事中吃了毒蘋果的白雪公主一樣，都是運用魔法的結果。一如被魔法變成青蛙的故事一般，這些昏睡的時間與現實的死亡無關，其現實世界的時間雖然是停止的，但只要魔法一解除，其現實世界的時間就會再度復活。而王子的深情一吻讓公主的昏睡就此中斷，這與〈浦島先生〉中切割開之「紀念品寶箱」的功能幾乎一般。但王子的深情之吻不會奪取公主的青春。由支配敘事之空間觀之，〈玫瑰公主〉中沒有如同〈浦島先生〉般與現實世界相異的「異鄉」存在。而且這個異鄉的時間是由龍宮所支配掌握的。

再思考〈喀嗤喀嗤山〉結尾處「愛上你有錯嗎？」這句話的寓意。三十七歲的「醜男」狸貓擅自愛上十六歲的美麗處女兔子。這與格林童話〈青蛙王子〉中，以撿拾掉落水潭裡的金球為條件，單方面要求睡在公主小床的青蛙相比，二者的形象是重疊的。但狸貓與青蛙的下場卻大相逕庭。青蛙因為被公主摔到牆上而解除魔法，變成王子。但〈喀嗤喀嗤山〉中被兔子所騙坐上泥船而溺死的狸貓，最終仍是一身醜陋的狸貓，無法獲得兔子的愛。「愛上你有錯嗎？」這句話，以及文中所言之「人世間殘酷的都是女性」的欷噓感嘆，是否意味著太宰對包括初代這些有過諸多糾葛的女性們他複雜的心境呢？而思及對不小心抓傷老婆婆的狸貓展開報復的亞緹米絲型少女，若與〈灰姑娘〉或〈白雪公主〉相比較，在王子與灰姑娘結婚的日子，欺負她的繼母女兒們被鴿子啄傷眼珠；幾度企圖殺害白雪公主的繼母王妃也被套上燒燙的鐵鞋，在狂舞中死亡。這些惡者一一以殘酷的下場以終。其間的類似程度亦是耐人尋味之處。

而〈舌切雀〉與〈白雪公主〉相較下，因為老婆婆的嫉妒而舌頭被切的小麻雀，在與老爺爺重逢後恢復了笑容。同時「老爺爺這輩子第一次體驗到心境的安穩」。在此小麻雀沒有變身為年輕女性，亦沒有恢復聲音。但彼此心意聲息相通的麻雀和老爺爺，二者都恢復了「安心」的寧靜。而切掉麻雀舌頭的老婆婆卻背著又大又重的葛籠，凍死在雪地裡。老爺爺卻因為葛籠中燦亮的金幣而高昇仕官。這與最後和王子結婚得到幸福的白雪公主相雷同。被切掉舌頭的麻雀與吃了毒蘋果的白雪公主都同樣失聲被剝奪掉言語。而在〈舌切雀〉中，太宰亦提及希臘神話中醜陋邪惡的「梅杜莎」。〈喀嗤喀嗤山〉中亦將十六歲的處女兔子比喻為維納斯及個性剛烈、把阿波羅變為女人的月神亞提米絲。這與企圖殺害白雪公主的繼母相比較，會發現太宰描寫的壞人其暴戾的惡性不若格林童話。但顯然東西方民間故事都是強調單純明快的因果報應之敘事條件，才能讓這些民間故事跨越空間與時間，長久在庶民之中長期流傳傳承。以描寫技法、對照的性格、追求幸福之人的本性等特徵而言，東西方民間故事是有其共通性。而我們仍可由《御伽草紙》這部翻案作品上，看出太宰獨特描繪技法上所醞釀出他個人之「信念的表白」。

〈清貧譚〉一作則是發表於一九四一年一月號《新潮》雜誌。可說為之後〈新釋諸國故事〉或《御伽草紙》之前奏曲。在戰時對文學作品檢閱嚴格的時代，多數作家傾向國家權力，不是發表沒有主體性格的作品，或者就此中斷其創作活動。但在此時的太宰，卻讓其作品開出更多藝術才能之璀璨花朵。太宰描繪出戰爭期中人們潛藏內心的真實感情。主角是痴愛菊花更甚於每日三餐的三十二歲單身男子才之助。只要聽說有好的菊花苗，再怎麼費勁也要想辦法買到手的菊花痴。在偶然下遇見同樣熟悉菊花的少年與其姐。在與少年對話中感受到對方對菊花深厚的知識與經驗，才之助自尊心受損下亢奮起來，展現對少年的對抗意識。結果才之助將少年及其姊帶回家，讓他們觀看自己的菊花田，大大炫耀一番。並讓少年與其姐落腳居住於菊花田一角的倉庫。少年也想回報才之助的恩情，提出建議，租借才之助的一半菊花田，種植培養漂亮的菊花，賣出後獲利回報他。但才之助斷然拒絕將心愛的菊花賣出換取金錢的提案。在此，太宰描寫的是種植菊花這種「藝術」是否應換取金錢否，而藉此獲取利益，以獲得尋常人的生活形態的掙扎與苦惱。純粹喜愛菊花，不需讓任何人品評置喙。也不將它販賣，僅單單地沈浸在自我滿足的世界，這樣的作為恰當否？堅持窮人的身段是否為一種美德？在燃燒其執念於種植菊花的作為上呈現出糾葛矛盾的心情，幾可置換為太宰本身的苦惱身影。

過往因為自己的自尊心與他人不同，不斷地反抗周遭既有的社會架構，而寫出大量頹廢性格作品的太宰治，在這個時期決意重新以「市井小說家」為生。翻案自，《聊齋誌異》的〈竹青〉的主角魚容，無疑是太宰本身的投影。由人變為鳥；由鳥變為人，意圖四度的再生。妻子也不斷改變著她的身影。讓人感受到絕佳的符碼之一致性。但本作應注目的不在於此，而在於其中存在著歷經排斥他者、反抗社會的時期，太宰在此達到一個他有能力駕馭描繪的世界觀。被周遭的人輕視，夢想破滅，對人生疲倦至極的男子。即便如此仍然無法拋除對生命的熱愛。即便為俗世紅塵所玷污滿身泥濘，但也唯在其間方能尋出作為一個人的幸福。若稱之為幸福，的確未免過於細小不足為道。但這樣的幸福是萬人皆可掌握的幸福。因為平凡，所以幸福。而讓心靈得以獲得救贖。

《御伽草紙》、〈清貧譚〉、〈竹青〉三部各自翻案自日本民間故事及中國《聊齋誌異》的翻案改寫敘事，我們幾可清晰可見太宰治其落入凡塵後輕妙絕佳的人性悲喜劇的「信念表白」，以及與西方童話故事同中有異之沒有善惡審判的寬容，更多的是他亟求越界穿越空間與時間之「歲月與忘卻」的嚮往心境。

龍王敖廣：「國之將亡，必有妖孽。別讓我一語成讖！」

履禮怨

陳允石

一把沁衍切風刀，如何掀起人鳥虎龍四族的愛恨波瀾，讓古老大國「履禮」毀於一旦，怨氣衝天？

奇幻╳武俠╳奇情╳玄理
無法定義，一讀成癮的新品種小說！

朱宥勳、朱國珍、吳柳蓓、神小風、徐嘉澤、郭正偉、郭強生、彭心楺、曾珍珍、銀色快手、劉芷妤、駱以軍、騷夏

（依筆劃順序排列）

聯合推薦

逗點文創結社
書系 言寺05
定價 330元
14.8*21cm平裝
ISBN 978-986-86321-7-2
頁數256

國家圖書館出版品預行編目資料

御伽草紙／太宰治著；湯家寧譯
初版.—桃園市：逗點文創, 2012.01 [民101]
208面; 14.8*21公分--（言寺：13）
ISBN: 978-986-87765-2-4 (平裝)

861.57 100024742

言寺 13

御伽草紙

作　者　太宰治
譯　者　湯家寧
編　輯　陳夏民
書籍設計　小子
排　版　曾谷涵
出版者　逗點文創結社
330 桃園市中央街 11 巷 4-1 號
commaBOOKS.blogspot.com
電話：03-3359366
傳真：03-3359303
郵　撥　50155926．逗點文創社
總經銷　知己圖書股份有限公司
台北公司　台北市 106 羅斯福路二段 95 號 4 樓之 3
TEL　02-23672044 FAX　02-23635741
台中公司　台中市 407 工業區 30 路 1 號
TEL　04-23595819 FAX　04-23595493
印　刷　通南印刷有限公司
ISBN　978-986-87765-2-4
定　價　220 元
初版一刷　2012 年 01 月